パリの家

須加葉子

神奈川新聞社

パリの家　目次

山の風景

赤門の前、本郷通りを隔てて、向かい側の小路を奥に入ると、ややあって、古びた寺門がある。さして広くもない境内に峯夫は入った。人が見たら、参拝者だと思うだろう。しかし、彼が向かったのは左手奥の古びた建物、中央の粗末な階段を上がって右側にある自分の住まいだった。上下合わせて四戸。あとの三戸の住人とは顔を合わせたことがない。越して来た時、あいさつに回ったが、どこも応答がなかった。夜になると灯が洩れているから、人は住んでいるのだろう。それぞれ隠れ家のようにして暮らしているらしい。

その木造アパートの傍らに、大きく枝を張った古木があった。春の終わり、八重桜の花が無数のぼんぼりのようにともった。「樋口一葉ゆかりの櫻木の宿」と記した碑が立っていた。今年の四月から、峯夫はここに住んでいる。郷里は山峡の里である。慣れない都会暮らしの中で、この八重桜は心のなぐさめであった。子供の頃から、樋口一葉の名には耳なじみがあった。一葉の両親が、甲斐の国大藤村の出身だということを、村の古老はよく口にしていた。

峯夫は、上野にある芸術大学の学生である。自宅から本郷通りに出て、右手に赤門、正門を通り過ぎ、右折して言問い通りに入る。左手、東大農学部を塀沿いに歩いて、谷中に出る。右手の高台に、彼の所属する美術学部があった。

峯夫は幼い時から絵を描くのが好きで、小学校・中学校では、県内のコンクールでよく入選していた。しかし高校生ともなると、絵では食べていけないことも分かり、親の言う通り世間なみの無難な道を選ぶことにした。進学したのは山梨大学の法学部。銀行員か公務員になれれば…と考えていた。ただ必要単位を取るためだけの授業出席だった。面白いわけがない。不完全燃焼の、くすぶったような毎日を過ごしていた。心の飢えを満たすため、向かうのはやはりスケッチブックやカンバスだった。風景画を好んでいたから、大菩薩嶺や小金沢山によく登った。遠い山並みや茜雲をスケッチしていると、自然の美しさの彼方に、遥かなものへの憧れが胸に迫ってきて、下界での空虚な日々が、ぬぐったように消え失せるのだった。

二年生の夏、峯夫は南アルプス縦走を試みた。標高二千メートルの山小舎を目指していたところ、道に迷ったらしく、途中で日が暮れた。これ以上歩いては危険だ。コルにビバークした。

目を覚ますと、薄闇の中、辺りは一面の雲海であった。雲の海は刻々に色彩が変化し、グレー、ブルー、ピンク、オレンジの波となり、遂に純白に輝いた。金色の矢が放たれたと思うと日輪が姿を現した。涯てなく青い空の彼方に、富士の稜線が、美しいカーブを描いている。天上界のものと思われる光景に心を奪われた峯夫は、自分がどんどん透き通っていき、大自然と合一するのを感じていた。

やがて雲海は次第に晴れていく。すると意外に近いところに人がいた。男らしくやつれた顔をほころばせ、真っ白い歯を見せて、二人はあいさつを交わした。この朝の感動を共有したことによって、無言のうちに魂が共鳴しているのだった。こうして、峯夫は健志と出会った。

健志は同じ山梨大学の一年先輩で、工学部の学生だった。それから、二人はよく山に一緒に行くようになった。友達作りが下手な峯夫にとって、健志は、初めての親友となった。テントを張って、焚火を起こし、食事を作る。二人だと何でも楽しかった。山の夜は冷えるけれど、星がとてもきれいだった。手で触れそうなほど一つ一つの星が大きい。夥しい宝石の乱舞だった。生きている、という実感があった。星々のまなざしの下で、夜に守られ、宇宙に守られて二人は眠った。

町に戻ると、待っているのは鬱陶しい日常である。時間があわただしく過ぎ、からまわりして、きしんだ音を立てた。

それにひきかえ、健志は日々、充実した一歩一歩を刻んでいた。エンジニアを目指して、具体的な成果を積み上げている。手に触れられる実質的なもの、それが峯夫には欠けていた。頭の上を素通りしていく教授の講義。抽象的な文字と書物、そして法律文。自分の人生って何だろう。

何もつかめないまま、大学の三年間が過ぎた。一年上の健志はS電工に就職が決まり、卒業式を待つばかりだった。山里にも辛夷《こぶし》の花が咲き、馥郁たる香りが漂うようになった。そんな折、思いもかけない悲報が、峯夫に届いた。南アルプスに山スキーに入っていた健志が、雪崩に巻き込まれて死亡したのである。将来を誓った女性と一緒だったが、彼女は林の方に投げ出されて助かった。

峯夫の受けた衝撃は計り知れなかった。喪失感は、この世にあるすべてのものを空しく見せた。人間はいつまでも生きるものではないのだ。若いからといって…。となれば、死ぬ時、後悔しない生き方をしたい。健志は愛する人の傍らで死んだのだ。学業を終え、仕事も決まり、絶頂とも言える時に死ねたのかも知れない。自分のように、生きているか死んでいるかわからないような日常の中に、突然、死が訪れてしまったら、死んでも死にきれない気がする。

峯夫は突然、自分でも信じられないような決断をした。大学を中退した。いつ死んでも悔いのないように、絵の道一本で行くことにしたのだ。生活の不安から、生ぬるい、納得できない人生を歩むのはやめた。お金など、飢え死にしないだけあればよい。

四月から、峯夫は甲府市内の画塾に通い始めた。日本画を基礎から学ぶためである。後方の橋は切って落としてある。前に進むより道はない。眉の濃い峯夫の顔は、一層りりしく引き締まった。親には何も言わなかった。彼は市内に下宿していたし、父はかなり離れた山峡の里で郵便局長をしていた。親は知らずに学費や生活費を送ってくるだろうが、せいぜい一年が限界だろう。一年後には、どうしても美術大学に入らねばならない。

峯夫は空費した三年間を取り戻すかのように、夜を日に継いで絵画修行に打ち込んだ。その熱心さは、白髭の師匠をして、自分の若き日の情熱を彷彿とさせた。元々筋が良かったのだが、師匠の親身の手ほどきを受けて、峯夫はめきめき上達した。「花鳥風月」などの画題を次々にこなしているうちに、峯夫はやはり、自分は風景画に向いていると悟った。山々や空、雲、水辺など、雄大な自然が恋しくてならなくなった。

一週間ほど画塾を休み、山へ入った。健志

の亡くなった場所で、花と線香を供えるつもりだった。雲海の中で、二人が初めて出会った峠で祈りを捧げたかった。今なら、曲がりなりにも、あの時のショックから立ち直って、親友の死と向き合える気がした。

標高三千百九三メートルの北岳の頂上に、峯夫は立った。夏空はどこまでも青く、周囲に緑の山並みが広がる。遥か遠くに、コニーデ型の富士の優美な姿が望まれる。辺りに人がいなかったので、峯夫は「タ・ケ・シ」と大声で叫んでみた。「なぜ死んじゃったんだよー」。涙がどっと溢れた。「俺はたった一人になっちゃったじゃないかー」

爽やかな風が吹いてきて、涙をぬぐっていった。友の手が涙をぬぐっている気がした。遥か下の方に、二人が初めて出会ったコルがある。その左側に広がる斜面で、健志たちは雪崩に巻き込まれたのだ。

なぜ死んでしまったのか――。この疑問を抱えて、峯夫は生きていこうと思った。そして、もう自分に嘘をつくまい、と決めた。

年があらたまって、峯夫は東京の美大を数校受験した。記念受験のつもりで受けた芸大に合格した時は、本人はもとより両親も驚愕した。こうなった以上、息子の志望を認めないわけにはいかない。

本郷から言問通りを抜けて、谷中まで来た。峯夫は、右手に爪先上がりの道を取り、美術学部のキャンパスに入った。四年遅れの新入生で二十二才になっていたから、峯夫は、自分は目立って年上だろうと思っていた。が、二、三年浪人するのが当たり前の大学で、一様に皆大人びて見えた。

上野は桜の名所だが、今は葉桜になっている。丈高い樹々の新緑が目に眩しい。ツツジの紅が燃えるようだ。

峯夫がまず圧倒されたのは、若さと自信に溢れた学生たちだった。目の輝きや全身から感じられる気迫が違う。自分など、小さな田舎者に思えた。

教授と呼ばれる人々は、日本画壇を代表するような、誰でも名前を聞いたことがある御大で、それが普通の人間の姿で目の前に現れると、かえって現実感がないのであった。いずれにせよ、峯夫にとっては、雲の上の存在だった。

美しい女子学生たちが行き来する。花咲き匂うような青春の姿がそこにあった。鮮烈で水際立った動作、目から鼻へ抜けるような言葉使いは、峯夫にとって軽い衝撃だった。別世界の別人種に思えた。

その日の授業は、隣接する上野公園に出て行き、思い思いの対象を写生するというものだった。峯夫は池を見下ろす藤棚の傍らに位置を占めた。紫の花が五分咲きになっている。一週間もすれば満開になるだろう。想像力でそれを先取りすることにした。構図を決め、鉛筆を動かしていく。

気が付くと斜め前方に、同じクラスの女子学生がいた。水辺に群生する菖蒲を写生している。腕の動きに連れて、ポニーテールの黒髪とたおやかな白いうなじが、揺れては、光ったり影になったりする。彼女、桂木美保子についてのうわさは、耳に入っていた。京都の旧家の出で、先祖は江戸時代の高名な絵師だという。山国しか知らなかった峯夫は、一気に心の地平が、時間的にも空間的にも広がるのを感じた。

彼女は切れ長の大きな目を瞠って、対象に注意を集中する。ややあって、長い睫毛を伏せ、薄紅色の唇を引き締めて、画帳に線を引く。

後に峯夫がこのスケッチを日本画に仕上げた時、画面一杯に藤の花の房が幾つか描かれ、その奥に、あえかな白い面差しが、透けて見える構図になっていた。教授には「源氏物語の情景かね?」と、尋ねられた。美保子を盗み見ていたことには、気づかれなかったらしい。

一年間は徹底した基礎技術の習得が行われた。石膏から始まり、大学所蔵の仏像のデッサン、クロッキー、模写、岩絵具の調合…。そして与えられた課題の制作。それは、「七夕」「菊」「紅葉」「雪」などであった。一つ一つ、しっかり向き合って完成させようとすると、構図、配色から始めて、非常な集中力を要し、一瞬も気を抜けない。

そんな時、ほっとするのは、美術史や語学の講義だった。これはまた、洋画科や彫刻科の学生たちと一緒に学べる機会でもあった。峯夫が選択したフランス語は、前の大学で履修してあったから、まあまあ余裕があって、ゆっくり聞いていればよかった。

語学のクラスで、峯夫は正田彰彦という洋画科の学生と友達になった。彰彦が分からないところを峯夫が教えたことがきっかけだった。彰彦がフランス語にかける情熱は尋常でなかった。何が何でもパリに行かなければ始まらないと思い込んでいる。日本画専攻の峯夫には、そんな切迫感はなかった。

一年が過ぎて、大学の授業では飽き足らな

くなると、彰彦はアテネ・フランセに通おう、と峯夫を誘った。峯夫が、余分な授業料など払えないと言うと、彰彦は父親のつてで、銀座の画廊でのアルバイトを紹介してくれた。正田家は、何代も続く銀座の老舗の主だった。

駿河台にあるアテネ・フランセは日本の中の異国だった。教室にも廊下にも、繊細な音楽のようなフランス語が流れている。行き交う人々は髪の色も肌の色も身につけている物の色も、透明度が高く、妖精のように思われた。

シモーヌ先生は、白皙長身の若く美しい人だった。亜麻色の髪がみずみずしい頬にかかる時、白い、長い指で掻き揚げる仕草をした。くっきりと大きな茶色の瞳に見詰められると、峯夫はどぎまぎした。知らず知らず、こちらまで目を大きく開けてしまう。結婚指輪をはめていて、生徒たちは「マダム」と呼んでいた。

最初は簡単なあいさつから始まった会話のレッスンも、回を重ねるごとに、内容のあることを伝えられるようになり、生きた外国語で意思疎通できる嬉しさに、峯夫も彰彦も夢中になった。白薔薇が咲きこぼれるような、シモーヌ先生の笑顔に会いたい一心もあった。従って、二人の会話能力は飛躍的に進歩したのである。

峯夫がアルバイトで通うようになった前島画廊は、銀座二丁目の大通りに面したところにあった。名の通った立派な画廊で、常に一流画家や彫刻家の個展やグループ展を催していた。作品を運び入れたり、配置したり、また搬出したりと結構力仕事が多かった。しかし、本物の芸術作品を目近に長時間眺めていられるのは一つの特権であった。また客の居ない時は、フランス語のテキストを開くこともできた。

ある日の午下がり、峯夫は仄暗い無人の店内から、入り口の広いガラスドア越しに、陽光の降り注ぐ大通りを、見るともなしに見やっていた。街路樹の緑が目に染みるようだ。道の向かい側の輸入食品店の自動扉が開いて、スタイルブックから抜け出したような女性が現れた。洗練された街並みを背景に、紺、白、紅の太い縞が斜めに入ったワンピース姿は、はっとするほど印象的だった。白いハイヒールを履いた長い脚が、車道を横切って画廊の正面に立つ。夏の強い日射しを背に、影絵になった人は、ドアを開けて店内に入り、「こんにちは」と言った。峯夫は映画の中に入り込んだような気分だった。

「あなたが、学生アルバイトの佐伯峯夫さんね。主人の前島から、よく聞いてますわ。前島潤子と申します」

彼女は黒目勝ちの大きな瞳を峯夫に注いで、はきはきとものを言った。静かだが、よく透る声であった。上気した顔で、一通りのあいさつを述べる峯夫を潤子は好もしそうに眺めた。

「これ、差し入れですのよ」と言って、彼女は外国製のチョコレートの箱を渡した。

「わたくしね、今回の個展を楽しみにしておりましたの。昔から、三輪画伯のファンでしてね。こんなに有名になる以前から…」

潤子は、三輪勝久の絵の一つ一つの前で立ち止まって、じっくりと鑑賞している。色づかいの大胆な、抽象的ともいえる風景画だった。画面を隅取る、太い窓枠のような暗い赤の中に、緑と紫で描かれた庭園が見える。熱帯と思われる海岸、砂漠の彼方に沈む夕陽…。ドラマを感じさせる作風だった。

「三輪さんに初めてお会いした時、あの方は、あなたぐらいの年頃でしたわ。うちの八ヶ岳の別荘に来てくださったのよ。わたくしはまだ少女で…。佐伯さんは芸大の学生さんなのでしょ。きっと今に、三輪さんのような一流の画家になられるのね」

「いいえ、僕はただ絵が好きというだけで、海のものとも、山のものとも…」

やがて麗人は立ち去った。爽やかな香水の匂いが残った。チョコレートは食べたことのない美味しさで、バターのように口にとろけた。

アテネ・フランセで猛勉した彰彦は「もう待ち切れない」と言って、三年生になる春、大学に休学届を出してパリに行ってしまった。彼の家は裕福であったから、自費留学である。

峯夫は急に孤独を感じた。前島画廊で一流の美術作品に接していても、以前のような高揚感を覚えなくなっていた。一流と言われる人たちとの距離感ばかりが、胸に迫った。それは、実力の差ということだけではない。そこに至るまでの彼らの道すじを考えるだけで気が遠くなるのだった。有名大学に入り、有名な師につき、パリ、ニューヨーク、フィレンツェなどで修業を積み、美術展で入賞し、実力者とコネクションを持ち、金が動きそして勝負が決まる…。そうした過程が、自分が向かっている方向とは、どこか違うという違和感があった。と言って、自分の思う方向に道があるかどうかさえ、おぼつかないのである。

今まで、新しい現実や目まぐるしく変わる周囲の状況に無我夢中で、緊張の連続だったところへぽっかりと穴があいた。気が付くと絵筆が止まっていて、思いに耽っていることが多くなった。スランプは悪循環をもたらす。虚無感に囚われて、無為の日々が続くと、次に襲ってくるのは不安と焦燥感である。

パリの彰彦からは、セーヌ川や大聖堂の絵葉書が次々と届く。峯夫はそれほどパリに憧れていたわけではない。しかし今や、峯夫の心境は〝この世の外ならどこへでも〟であった。「君もパリに来ないか。往復の飛行機代さえあれば、あとは何とかなるよ。僕のアパルトマンに住めばいい」と、彰彦は言ってきた。

どうせならと、進まなくなっていた絵画制作は打ち遣り、渡航資金を得るためのアルバイトに専念した。画廊の仕事に加えて翻訳の仕事も引き受け、多忙の余り思考停止の日々が続く。秋の初め、大学に休学届を出すと、有り金全部をかき集めて、パリに向かった。

彰彦のアパルトマンはモンマルトルの丘の上にあった。パリの北部にある地区で、標高百三十メートル。十九世紀以来、多くの芸術家が集まったところで、印象派、象徴派、立体派など近代美術の揺籃地である。頂上には白亜のサクレ・クール大聖堂が聳えている。

「かなり不便だから、パリの中心街からくらべると、ぐっと割安なんだよ」と彰彦は言った。建物は古色蒼然としていたが、住居にはベッドルームが二つあったし、キッチン、バスルームもついていたから、峯夫の本郷の下宿よりずっと快適だった。

目が覚めると、窓の外には藍色の夜明けの空が広がり、小鳥のさえずりが聞こえた。建物の外に出て、石畳の坂を下る。早起きのパン屋の店には、焼き立てのバケットが並んでいる。その一つを紙袋に入れてもらい、小脇に抱えてまた坂を上る。朝の冷気の中で、パンの温かさと香ばしさが気持ち良い。

アパルトマンに戻ると、彰彦も起きていてコーヒーを淹れていた。濃厚なモカの香りが部屋に満ちている。ミルクを沸かし、カフェオレにして、取っ手のない大ぶりのカップで飲む。一気に身体が温まり、頭がすっきりした。何気ない、こんな朝が峯夫にはとても新鮮で、心の底から、はずむような喜びが込み上げてくるのだった。

「さっきパン屋の若いおかみさんがさ、あの赤い頬が、ぷっくりふくれている人ね…」

「きのうの夕方、石畳の階段を下りて行ったら、大きな犬を連れた老人と小さな女の子に出会ってね…」

「キオスクによって新聞を買おうとしたら、山高帽の紳士がさ…」

透明な朝の光と小鳥の声に包まれて、ゆっくりと時を過ごしていると、峯夫は突然自分が際限なく自由になっているのに気が付いた。こんな生き方もあったのだ。いつも何かに追われていて不安で、ともすれば虚無感に陥っていた日々が、前世のように遠い。

二人は一緒に家を出て、長いつづら折りの石道を下り、セーヌ川の方角を目指した。カルーゼル橋に出ると、川を隔てて右岸にルーブル美術館、左岸に国立美術学校（エコル・デ・ボーザール）が位置している。

彰彦が行くのはボーザールで、彼はそこの聴講生になっている。峯夫はルーブルに向かった。かってはブルボン王朝の王宮だったところで、堅牢な城砦風の広大な宮殿である。

峯夫はまず、見上げるばかりの高い天井と広大な面積を持つ部屋部屋に圧倒された。一つ一つの絵画が巨大で、スケールが違う。大学で学んだ美術史や画集で名称は知っていたとはいえ、実物の持つ生彩や迫力には想像を絶するものがあった。

短時日での鑑賞では、とても間に合わない。峯夫は何日も何週間も通い続けた。その度に唸って、熱が出そうだった。ともかく今は、この感動の波に身をゆだねることにした。判断したり、分析や比較といった頭脳作業は後回しだ。

各々の作品から迫ってくる「気の力」は、これは一体何だろう。この強さ、濃密感は、未だかって経験したことがなかった。今の自分の身体や精神では、とても受け止めきれない。

峯夫はアパルトマンに戻って、自室のベッドに横たわり、窓から空を見上げていた。自分が小さく思えて、涙が溢れた。白い雲が徐々に茜に染まっていく。やがて静謐な夜が訪れた。「これでいいのだ」と彼は思った。

「自分の立ち位置が分かっただけで、大した進歩ではないか」

居間では、彰彦が帰って来て物音を立てている。二人は景気づけに夜の街に繰り出すことにした。

さほど遠くないところに、古くからある有名なシャンソン酒場があった。緑色に塗られた木製のドアを押して中に入ると、地鳴りのような響きに包まれた。客たちは顔を上気させて、三三五五、各々のテーブルに分かれて熱弁をふるっている。彰彦と峯夫は案内された席に着くと、ワイン、チーズ、ソーセージ等を注文した。

中年の男性歌手がステージに上がった。アコーディオンの音が物悲しく響く。渋みのある声が、コスマ作曲の「ロマンス」を歌い出す。場内が少し静かになった。それも束の間、一緒に歌い出す者もあれば、フロアに下りて踊り出すカップルもある。

隣の席にいた粋な老人が、ワインの瓶を片手に二人のところに来て酒を注いだ。血色のいい顔を笑いで一杯にして、「君たちおとなしいね。折角、生きてるんじゃないか。人生は精一杯楽しむためにあるんだよ」と言った。

ピエールというこの人を、二人は自分たちのテーブルに招いた。ほどなく、三人はすっかり打ち解けて四方山の話に興じていた。そんな場内の雰囲気だった。アルコールの力もあっただろう。

「そうか、君たちは画学生か。楽しいことでも、悲しいことでも、人生をとことん味わなければ、いい絵は描けないぜ」とピエールは言った。

ステージでは、瞳と髪が真っ黒な、彫の深い顔立ちの娘が踊っていた。カスタネットを鳴らし、スカートをひるがえしている。ギターはハバネラを奏でていた。

「ファティマだよ。スペインの女さ。呼んでみようか」

ピエールが合図すると、ファティマは小さく頷いて、ステージを下り、混み合ったテーブルを縫って進んで来る。揺れる黒髪や腰から妖気が立った。

四人になったテーブルは、がらりと雰囲気が変わった。彰彦がやけに饒舌になっている。ファティマが歌うような口調で言った。

「ここは昔から芸術家の溜まり場なの。ユトリロやサティ、知っているでしょ。みんな貧しくて破滅的だった。死後、こんなに有名になるなんて…。本人たちが知っていたらね」

生きている間は認められることもなく、惨憺たる人生を送るのが芸術家の運命なのか、と峯夫は思いに沈んだ。自分など、まだ芸術家にさえなっていない。いつの間にか彰彦とファティマは意気投合したらしく、フロアに出てタンゴを踊っている。

黙ってしまった峯夫に、「どうしたのかね?」とピエールが声をかけた。「自分がとても小さく思えて…。寄る辺なくて、心細くて、やりきれないんです」

ピエールは峯夫の肩に腕を回して言った。

「俺たちは皆、小さな存在さ。考えれば、明日のことだってわからない。皆、考えないようにして暮らしているのさ。そして何者かであるように振る舞っているんだ。何様かのように思い込んでいる奴さえある」

気がつけば、ピエールはアルコール度の強いアブサンを手にしていた。「君もやるかい?」峯夫は断って、緑色のミント水を注文した。

「人生なんて夢か幻のようなものさ。結局、いつかは忘れ去られてしまう。一つだけ確かなことは、今、ここに、俺たちが存在しているということだけだよ。幸せ、と言うか、つまり人生は『今』と『ここ』にしかないのさ。

他所を探したって、見つかりっこない」

峯夫は、ピエールの言っていることは本当だ、と思った。そして、天啓のように悟った。頭でばかり考えるアカデミズムこそ、化け物めいた共同幻想だ、と。

「俺は食料品店の親爺で、別に学問があるわけじゃない。何十年も同じところで商売して、数限りない顔に出会っていると、大事なのは自分が本当の自分の顔をしているかだと分かってくる。自分が自分になることが肝心なんじゃないかね。つまり自分を知ることだよ」

「どうしたら『本当の自分』を知ることが出来るんです?」

「自分を表現することじゃないかね。商売でも農業でも、料理でも家事でも、日々の仕事を一心にこなしていれば、自然とそれが自己表現になっているさ。長い年月のうちにはその人独自のかたちが出来上がるんだ。それが『本当の自分』ってやつじゃないかね。絵とか音楽とか文章で表現する場合もあるだろう。つまり芸術だね。君がやろうとしていることだよ。それで金を稼ごうとか、有名になろうというのが先立ってしまうと、本末転倒になるんだが」

ああ、議論はまた振り出しに戻ってしまったと峯夫は思った。もう今は考えるのをやめよう。峯夫はピエールに礼を言って席を立った。

フロアで踊っている彰彦のところへ行くと、彼はまだファティマの腕を放さず、「もう一軒別の店に行く」と言った。峯夫は二人を残して店を出た。

丘の斜面はぶどう畑になっていて、その上

に黄色い月と水晶のような星が輝いていた。眼下にムーラン・ルージュの赤い風車が見える。ピエールの言葉が、胸に響き続けていた。家路を辿る峯夫の気持ちは、近来になく澄み切っていた。

その夜、彰彦は帰って来なかった。「まあ、彼らは若いんだものな。」峯夫は妙に落ち着いていた。それからというもの、彰彦は、ファティマという熱病に罹ってしまった。

「僕だって、最初にパリに来たばかりは金髪や青い瞳にボーッとなったさ。まるで妖精が現実に、そこいらを歩いているみたいだったもの…。でも半年もたってみろよ。黒髪や黒い瞳に無性に郷愁を覚えるようになる。それに、あのファティマのエキゾチックで情熱的なこと、これは日本では出会えなかったものさ」

彰彦はファティマを追って、彼女の出演するバーやナイトクラブに入り浸っていた。その蠱惑的な姿態を貪るように眺めては、スケッチの絵筆を走らせるのだった。

「他の客たちにも人気はあるだろうから、別の男に彼女を取られることもあるんじゃない？」と峯夫が聞くと、「仕方ないよ。そんなところがまた、僕には魅力なんだから」と彰彦は言った。燃えるような暗い情念を迸らせる黒い瞳の虜になって、深淵の底まで行きかねない様子だった。

峯夫は、街を行き交う美しい娘たちを遠くから眺める方が性に合っていた。芸術作品に描かれている、息も止まるような美しい数多の婦人像は、決して理想化したものではないのだ。天女か天使かと見まがう、美の極致のような女性たち、花の面差し、ヴィーナスのような姿態が、現実に、そこここに普通に存在しているのだ。あのような美人画や芸術作品が生まれるのはごく自然の成り行きなのだ、と峯夫はしきりに納得するのだった。

それに峯夫は、夜の酒場より昼の外光を好んだ。スケッチブックを片手にセーヌ河畔を歩く。滔々と流れる青い水を眺めていると、心の迷いが洗い流されていくようだ。彫刻の施された美しい石の橋が、何メートル置きかに幾つも架かっている。岸辺の丈高い樹々の葉はすっかり色づいて、秋の日射しを透かして金色に燃え立っていた。

「ひとまず、日本画と画壇のことは忘れよう。折角パリにいるのだ。ここの風物を、空気を身体の隅々まで吸い込むことにしよう。ルーブルやオルセーの傑作を全身で受け止めてみよう。そこから何かが見えてくるだろう」。峯夫は決意を新たにした。

河岸のベンチに坐って、黄金色に輝くアレクサンドル橋の全景を視野に入れて、スケッチの手を動かした。重厚に聳えるノートルダム大聖堂に向かって、息を詰めるようにして、画帳の上にラインを引いて行く。金髪をなびかせて走る少女の一瞬の動きをとらえようと試み、犬を連れて歩く老人の姿を画帳に写し取る。大通りや小路、古い建物、全てが絵になる街がパリだった。

目と手の動きの中で、心が澄み渡っていくのを感じる。芸術は頭ではないことが実感として分かる。頭脳の領域ではない。魂の領域なのだ。

夢中になって描いているうちに、自分が小さいとか大きいとか、神話や宗教に題材を取った画が理解できないとか、そうした思い煩いは消し飛んでいた。今の自分の感性が共振するものだけを受け止めればよい。他のものは後回しだ。ピエールの言うように、「今とここ」が大事なのだから。

モンマルトルの坂道を上りながら、ピエールの店に寄ってみようと思った。彼の店は丘の中腹辺りにあった。缶詰や瓶詰、チーズ、ハム・ソーセージ、果物類など、一通りの食料は調達できる。辺りには夕闇が立ち込めていた。店々の明るい照明が軒先に漏れて、石畳が濡れたように光っていた。「ボンソワール」と言いながら、峯夫が店内に入って行くと、奥からピエールが赤ら顔をほころばせながら出て来た。

「よう、ミネ、元気かい？　画の方は上手くいっているかい?」峯夫の手は、毛むくじゃらの太い手にしっかり握られた。「ピエール、景気はどう？　このあいだの晩の話はとてもためになったよ。おかげで今日一日じっくり風景を味わって、随分仕事が進んだよ。今を生きるって気持ちいいね！」

ピエールはビールの小瓶の蓋を取って峯夫に渡した。「そりゃ、おめでとう！　まあ乾杯といくか。ところで、美術館の絵の中で気に入ったのはあったかね?」

「僕のテーマは風景だから、何と言っても風景画に惹かれてしまう。クールベの絵に強い印象を受けているのだけれど、ピエールはクールベのことを知っているかい?」

「ああ、ギュスタヴ・クールベね。スイス国境に近いオルナンという村の出身だよ。彼の描く、ゴツゴツした山や渓流はあの地方のものだね」

「何だか、僕の故郷の山国の光景を思い出

すんだ」

「ふうん、彼は一八七一年のパリ・コミューンに参加したんだ。コミューンとは、小市民・労働者による政権を七二日間樹立した、まあ言ってみれば革命だね。政府軍の反撃により、おびただしい流血闘争になった。コミューンは壊滅して、クールベはスイスに亡命したんだ。そこで数年後、客死した。とは言っても、生まれ故郷のオルナンとスイスは、目と鼻の先なんだがね」

「ええっ！　芸術家なのに、そんな政治活動の表舞台に立った人だったの？」

「結構、フランスにはそんな人が多いよ」

「オルナンには、どうやったら行けるの？」

「パリのリヨン駅からＴＧＶで南下して、ブザンソンで下車する。そこから国境のジュラ山地は近いし、その中の一つの村がオルナンさ」

「ありがとう」

峯夫は、わくわくと胸が躍るのを覚えた。傑作の題材となっている風景が、案外手の届くところにあるらしい。画家の、革命家としての、血湧き肉躍る側面を知ったことへの興奮もあった。「人間の可能性って何だろう？」峯夫は、頭の中を風が吹き抜けるように感じた。

ピエールの店で、差し当たり必要な食料を仕入れて、石畳の坂を更に上る。力の入った足取りで家を目指した。

玄関のドアを開けると、ニンニクとバターの匂いが鼻をつく。彰彦が一心に鍋料理に立ち向かっている。「ああ、うまそうだな」。峯夫は顔をほころばせた。買ってきたパンやチーズ、瓶詰めの酢漬けセロリやピクルスをテーブルに並べ、やがて彰彦自慢のポトフが出来上がった。ワインを抜いて、二人で乾杯する。

「久し振りじゃないか。一緒に晩飯を食べるのは。今夜はファティマを描きに行かないのかい？」

「彼女は故郷の村に行っている。収穫祭で踊るように呼ばれたんだ。バルセロナ近郊だそうだ」

「スペインか、いいなあ！　いつか行ってみたいよ」

「彼女は数日でパリに戻って来るけど、クリスマス休暇には、二人でスペインを旅行する約束をしているんだ。君も一緒に来ないかい？」

「僕が加わったらお邪魔虫じゃないか。それより今、スイス国境の山国に行ってみたい気になっている」

「へえ、それはまたどうして？」

峯夫は、ピエールに聞いたことを話した。

「クールベか。そいつは大物だなあ。近代写実主義の巨匠じゃないか。『オルナンの埋葬』はヴィヴィドな群像絵画だし、『画家のアトリエ』では、当代の名士たちが多数、描き込まれている。僕たち油絵科では、人物画制作の模範の一つになっているくらいだ」

「僕は人物ではなくて、彼が故郷の自然を描いた風景画に魅せられているのさ。雪中の狩りの場面は圧巻だと思わないかね。でも君が人物画指向なのは、もっともだよ。そりゃあフランス絵画は美しい人物画の宝庫だからね。君はどの画家が好みかな」

「憧憬の始まりは、確かにフランス絵画の、えも言われぬ甘美さだったさ。プーサンやルノワールの描く愛くるしい面差しや豊満な肉体に、恋い焦がれたものだった。でもファティマに出会ってからは違ってきた。陰翳や暗い情熱に魅了されるようになった。スペイン絵画の方に関心が向いている」

「ところで、エコル・デ・ボーザールでの修業はどうなの?」

「すごく刺激的で勉強になる。でも、ここの画学生と自分とは、何かが根本的に違うんじゃないかと時々不安になるんだ。これは一体何なのだろう? 歴史の厚みとか体質の差異なんだろうか。それって、一個人の努力とか一世代とかで解消できるものじゃないよね。君はいいよ、日本画で。全く異質、別物っていうことが出発点なのだから、悩む必要など全くないものね」

「そうなんだけど…」

振り払っていたはずの、日本画の重たい伝統とか画壇の閉鎖性が再び思い浮かんで峯夫の表情は曇った。「僕らは、僕らの今から出発するよりほかないんじゃない」と、峯夫はやっとこれだけ言った。それ以外の道などあるわけがない。

峯夫は、急に自分の描いてきたスケッチにいとおしさを覚えた。夥しい世紀の大作に圧倒され、心が押し潰された二か月間だった。それらが、どれほど偉大であろうとも、自分の外にあるものである。自分の取り扱えるマチエールは、自分の内にしかないのだ。やっとそれに気が付いた。後にも先にも、この自分しかない。

街路樹の葉がすっかり落ちて、裸になった枝が、鋭く灰色の空に突き刺さっている。北風が吹くと、外にじっとしているのはつらい。

峯夫はカフェに坐って、ガラス越しに街並みをスケッチしていた。人物画は目指していなかったが、点影として杖をついた黒いコートの老婦人だとか、赤い鞄を背負った小学生だとかを描き込むことはあった。

やがて町は、ノエル（クリスマス）の飾りつけで、華やかに色どられるようになった。彰彦はファティマとスペイン旅行に出発した。峯夫は、この祝祭めいた季節に独りで蟄居しているのは何とも不調法に思えて、自分も旅行に出かけることにした。

ピエールに教えられた通り、リヨン駅からTGVに乗り込む。パリを少し離れると、もう車窓から見えるのは広々とどこまでも続く田園地帯だった。なるほど、フランスは食料自給率百三十パーセントを誇る農業国なのである。列車の進行とともに、未知の世界が広がる。気分が一新した。旅立って来て、正解だったなと思う。スイスまで行く国際列車だったが、国境手前のブザンソンで下車する。雪催いの空の下、峯夫は駅で予約したホテルに向かった。青く豊かなドゥー川が、中心市街を竪琴のかたちに囲んで流れている。ローマ時代からの城砦が丘の上にうねうねと続いている。美しいメルヘンのような街だった。

街中の小さな宿屋で旅装を解いた。夕食のために階下に下りて行くと、食堂には暖炉が赤々と燃えていた。粗朶の香りの中、滋養たっぷりのブルゴーニュ料理が供される。客は三組ばかり。細身で神経質そうな中年夫婦と赤ら顔のがっちりした五十年輩の親爺だった。人のよさそうな親爺は、隣のテーブルからちらちら峯夫の方を見ていたが、ついに好奇心を抑え切れず、話しかけてきた。

「お若いの、どこから来られたのかね？」

「今日、パリから着きました。日本を出たのは三か月前ですがね」

「おや、日本人かね？　これは珍しい。俺はスイス人だよ。今日は、この町に商談をまとめに来たんだ。ノエルの買い出しもあるしさ。物価はこっちの方が安いからね。君は何の用で来たの？」

「僕は画学生なんです。オルセーで見たクールベの風景画に惹かれて、ぜひ、実際の場面を見たいと思ったわけです。それは、この近郊のオルナンという村なんです。ご存知ですか？」

「ああ、よく知っているよ。ここから車で一時間ほどで行ける。クールベの生家というのも残っていたと思うが。明日、スイスへの帰りがけに、オルナンを回ってもいいよ。俺の車に乗って行かないかね？」

「うわあ、本当ですか。願ってもないことです」

翌日、峯夫はスイス人の車に乗って、オルナンを目指した。低い山並みが続いている一本道をひたすら進む。やがて、鄙びた集落が姿を現した。明るく澄明な冬の日射しを浴びて、教会の尖塔や家々の屋根が燦めいている。広場に車を止めて、雑貨屋でホテルを尋ねたが、どうやら、ホテルの名に価するものはないらしかった。

「マルタンのところなら、下宿屋をやっているから部屋が空いているかもしれないぜ」と店の主人が教えてくれた。峯夫は車に戻って自分の荷物を下ろし、スイス人に厚く礼を言った。彼はしっかりと握手しながら、峯夫に「スイスに来たら、俺のところに寄りなよ」と言って車を発進させた。

迷路のような小路を上がったり下りたりして、マルタンの家に辿り着いた。四つある貸し部屋は全て空いているから、どこを使ってくれてもいいと、中年の主婦は峯夫をすぐ受け入れてくれた。彼女はシモーヌという名で、甲斐甲斐しい細身のブロンドだった。シモーヌに先導されて木の階段を上る。峯夫は中庭に面した静かな部屋を選んだ。ベージュの壁紙に水色のカヴァーの掛かったベッド、簡素な机と椅子。小さな部屋だったが、清潔で落ち着けそうだった。シャワールームは廊下のはずれだ。窓の鎧戸を開けて風を入れる。庭を見下ろすと中央に花壇があって、金髪の少女が大きな犬と遊んでいる。鎧戸の音に娘が顔を上げたので、手を振ると「ボンジュール、ムッシュー」と、かわいい声が返ってきた。

「おじさん、今日うちに来た人?」

「そうだよ。君、何て名前?」

「アンリエット。この犬はね、ナタンって言うの」

「僕はね、ミネオって言うんだ。ミネって呼んでくれてもいいよ」

こうして二人は友達になった。

峯夫は、とりあえず一週間の宿泊を申し込んだ。アンリエットの道案内で、ゆっくりと町の中を歩く。翌日、町はずれにあるクールベの生家に行ったのも、少女に案内されてだった。鄙びた風景の中にある古色蒼然とした農家は、石造りの壁のせいか百五十年も経て、残っているのが不思議なぐらいだった。近くの小川では水車が回っている。

川の堤に寝そべって、青い空を見上げた。地平線まで目路の限り、空は広く広く続いていて、子羊のような真っ白い雲があちこちに浮かんでいる。「雲はいいなあ、何も考えないで…」と峯夫はつぶやいた。が、一瞬の後、自分もそのまま空に吸い込まれて、何も考えず、心がふわりと浮かんでいるのであった。気が付くと、近くの草原で、アンリエットと犬のナタンが互いに追いかけあって、笑い声や鳴き声を立てていた。「のどかだなあ、こんな風に人生が送れたら、どんなに良いだろう」

町に戻ると、峯夫は雑貨屋に入って赤と白のねじり棒アメをアンリエットに買い、サラミをナタンに買った。自分には皮の手袋、毛皮の登山帽、磁石などを揃えた。クールベの絵の題材となっている岩山や洞窟、渓谷を訪ねるつもりだった。狩猟の場面となっている、雪深い山や森も探索してみたい。

小さい町は小さいなりに、素朴なノエルの飾り付けで華やいでいた。狭い通りの頭上には、レース編みのように豆電球のオーナメントが張り巡らされている。アンリエットの小さい手を引いて、石畳の緩い坂道を上る。二人で童謡を歌う。少女は、ノエルを待ち焦がれていた。お伽噺のような事が起きるのだと言う。峯夫は、そうしたノエルを楽しみにしている自分を発見して驚いた。

翌朝、峯夫はクールベの描いた山奥の滝壺を目指して出発した。山道に分け入る。キラキラとした透明な冷気が、水晶の針のように顔を刺す。思わず、身体の中心に力が入る。山靴兼用のシューズをパリから履いて来たから、足元は心配なかった。山深くなるに連れ径はいよいよ狭まり、枯れた倒木が行く手を阻んだ。二、三時間も歩いただろうか、ようやく水源らしい場所に辿り着いた。

大きな岩の堆積の隙間から水が滲みだしていて、手前に暗緑色の淵が出来ている。水に手を入れてみると、凍るように冷たかった。辺りは昼なお暗い鬱葱とした森である。峯夫は林間の空き地を探して腰を下ろした。リュックからサラミや黒パン、チーズを取り出して昼食にする。ウオッカを口に含むと冷え切った身体がカーッと熱くなった。

日本を離れ、パリを離れ、さらにオルナンの町も離れて、こんな国境の山の中に一人でいることが不思議だった。自分は、こんなに人々から遠く離れている…。心も身体も透き通って、周囲の自然と一体化していくのを感じた。

スケッチブックを取り出して、水源の岩を、大木の洞を描いてみる。全くの静寂が辺りを領していた。冬の淡い日の光が木々の梢から斜めに差し入っている。ふと、風景の端を何かが動いた。

林の奥に目を凝らすと、それは堂々たる体躯の野生鹿だった。まだこちらに気が付かないらしい。美しい流線形の身体と敏捷そうな脚、大きな瞳とそそり立つ角。何と無駄なく、欠けるところもない。造化の妙と言うべき完全無欠な美がそこにあった。

峯夫は、魔法にかけられたように静止していた。大鹿は向きを変えて、岩山を登って行く。鹿狩りの光景を描いたクールベの大作が目前に浮かんだ。思わず、大鹿の後を追う。鹿は山の中腹の岩場に立って、待ち受けるかのように峯夫の方を見ていた。傾いた日射しを浴びて、褐色の毛が金色に輝いていた。

峯夫は、岩に両手をかけ、足場を充分に確

かめながら、全身の力をこめて岩壁を攀じ登った。やっとの思いで、岩のテラスに辿り着いた時には、大鹿は、名残り惜し気に、峯夫の方に視線をやりながら、さらに山を登って、森の奥に姿を消してしまった。

日が沈んで、急激に気温が下がった。慌てて地図と磁石を確かめたが、今いる場所の見当がつかなかった。ともかく山を下らなければならない。岩場ではない安全な山道を探しているうちに、雪が降ってきた。夜になる前に、麓まで行き着かないと危険だ。道は下るかと思うと、また上り坂になり、果てしなく思える。雪が視界を閉ざす。背中が冷や汗でじっとりした。山の中はとっぷりと暮れてしまった。これ以上動いてはいけない。どこかでビバークしなければ…。大木の洞に身体を潜り込ませることができた。

サラミをかじり、ウオッカを口に含む。冷え切った身体に強烈な熱が入った。〈アンリエットが心配しているかも知れない。〉という思いがかすめたが、もう綿のように疲れ切っていて、思考は破片となって分散した。次の瞬間、睡魔に襲われ、引きずり込まれるように意識が無くなった。

どれほど時間が経ったのだろう。「眠るな、眠るな、凍死するぞ！」と言う声が耳元で聞こえた。半睡のまま、峯夫はそれを払いのけた。鉛のように意識が底に沈んで行く。すると今度は、声の主が姿を現した。心配そうな顔でのぞき込んでいるのは、故郷の親友、健志だった。

「起きるんだよ、峯夫。起きてくれ」

「健志、こんなところに居たの？　元気だったんだね。山では、いつも一緒だったよね」

「まだ君の時じゃないよ。山にはいつも僕が居て、君を見守っているのさ。僕は自分の人生を生き切ったし、幸せだった。でも、君はまだ、自分の人生を見つけていないじゃないか。君は、幸せになるんだ。さあ、勇気を出して！」

そう言い終わると健志は、初めて会った時のような、爽やかな笑顔を残して消えていった。

大木の洞の中に雪が吹き込んでいた。峯夫は目を覚ました。手足の先の感覚が無くなっている。慌てて立ち上がろうとしたが脚が利かない。這うようにして外に出る。遠くの方で、微かに空気が震えているように感じた。その方角に向かって雪の中を泳ぐように進んだ。微かな振動は犬の吠え声になった。

「あれはーっ。ナタンじゃないか！」

峯夫は顔が熱くなった。声の限りに叫ぶ。

「ナタン、ここだよ」

犬の声が、だんだん近づいて来る。

峯夫は気を失った。

夜の十時を過ぎても帰宅しない峯夫を心配して、アンリエットと父のマルタンは、車で町中の居酒屋を回った挙句、ナタンを乗せて山の水源地まで探しに来たのだった。マルタンはナタンに先導されて山の中に分け入り、倒れている峯夫を発見した。半分凍っている峯夫を橇に乗せて車まで運び、やっとのことで家まで連れ帰った。車の中で、意識のない峯夫の凍った手を、アンリエットの小さな手が温めていた。

三日三晩というもの、峯夫は昏睡状態だった。目を覚ました時、自分がどこに居るのか分からなかった。暖炉には薪が燃えている。

松脂の香りが部屋に満ちていた。清潔な寝具、落ち着いた色の壁紙…。

「ああ、ここはマルタンの家の、僕の部屋だ」

心の底から安堵感が湧き上がり、全身に広がった。なごんだ顔に、ふわりと微笑みが浮かんだ。

「いいでしょ、いいでしょ。ミネオにこのお人形を見せるんだから…」

制止の声を振り切って、アンリエットが、ドアを開けて飛び込んで来た。

「ほうらね、ミネオ元気でしょ」

彼の笑顔を見て、少女はドアの外に叫んだ。エプロン姿のシモーヌが嬉しそうに入って来る。

「よかったわ、ミネオ、本当によかった。あんまり意識が戻らないから、心配したわよ。毎日、お医者さんに来てもらったのだけれど。昨夜はノエルの深夜ミサで、神父様にもお祈りしていただいたの。ミネオが生き返って、何よりのクリスマスプレゼントよね、アンリエット」

シモーヌは少女を抱き寄せた。

峯夫は言葉が出ず、ひたすら笑顔でうなずくばかりだった。知らず知らず涙が溢れて、頬を流れ落ちた。アンリエットが、小さな手で一生懸命拭いて、赤い花びらのような唇を寄せた。

静かな喜びが深奥から湧き上がり、ひたひたと全身に満ちる。峯夫は、自分が「死」の近くまで行ったことを実感していた。今、「生」の側に戻ってみると、何もかもが様相を異にしている。以前はバラバラの破片の寄せ集めのようだった現実が、調和のある一体となり、すべてが生き生きと繋がり合って星座のように静かに回転しているのだった。宇宙が混然一体となって、美しい諧調を奏でている。人も風景も、そのもの自身の本質を輝かせていた。

マルタンはより頼もしく、シモーヌはより優しく、アンリエットはいよいよ可憐になって峯夫の胸に迫った。町中が、一つの円環の中でキラキラ輝いていた。自分の存在が、全てとの繋がりの中にあった。孤独感や卑小感はかき消えていた。すべては在るべくして在り、起こるべくして起こっているのだ。

峯夫は回復期を、清純な少女の傍らで過ごした。炉辺に坐って、アンリエットは絵本を開き、子供らしい澄んだ高い声で、物語を朗読した。食事時になると、シモーヌが野菜のたっぷり入ったビーフシチューのキャセロールを持って現れる。

家庭的な温かさと安らぎの中で、峯夫は日一日と元気を取り戻し、延長したもう一週間の逗留が終るころには外出も可能になっていた。

とうとうパリに帰る日がきた。父母や妹のように思えて、三人と別れるのがつらかった。

「また来るからね！」

「また来てね！」

戸口のところで三人が手を振り続け、ナタンも尻尾を振っていた。

パリに着いたのは、一月四日の夕方だった。その年は特に厳寒で、上流から押し寄せた流氷でセーヌ川は埋まっていた。峯夫は毛皮の帽子を深くかぶり、モンマルトルの坂を上がった。

アパルトマンのドアを開けて、「彰彦、居

るかい？　今、帰ったよ」と呼びかけた。

「おーっ峯夫か。やっとご帰還だね、何処まで行っていたの？」と言う声が、彰彦の部屋の奥から返ってきたが、彼が姿を現したのはしばらく経ってからだった。

峯夫は何かを感じて、「どうしたの？」と彰彦が閉めたドアの向こうを尋ねた。

「スペイン旅行から、ずっと一緒さ、ファティマと。こっちに帰ってきても離れられなくて、今、一緒に住んでいる」

峯夫は、やはり驚いた。が、できるだけ平静を装って言った。

「やあ、本式の恋なんだね。君はとうとう彼女を獲得したってわけだ。じゃあ、今晩はお祝いだ。酒や何やかや買って来るよ」

ともかく、一人になって心を落ち着けたかった。旅行鞄を自室に置くと、外へ出た。


「運命というか、人生とは、時々急回転するものだな」。胸ふたがる思いだった。ピエールの食料品店に入る。

「やあ、ミネオ、しばらく見なかったな。旅行にでも行っていたのかい？」

「うん。オルナンに二週間いたんだ」

その間のことを、ピエールに語った。彼は目を丸くして聞いていた。

「本当によかったよ。生きて帰って来てくれて」

ピエールは、両腕で峯夫の肩を抱いた。シャンパンやチーズ、缶詰などを見繕っている間も、先程、帰宅した時の衝撃が頭を離れなかった。選んだ品々をカウンターに並べると、ピエールが察して言った。

「ミネオ、何か、心に引っかかっているんじゃないか？　ここで俺に、すっかり吐き出しちゃいな」

「実は…」

「アキヒコがお前に、出て行けと言っているわけじゃなかろう」

「でも…。ファティマを入れて、三人で住むなんて、滅相もない」

「三角関係になるからかい？」

「そんなことになるわけないけど…。あんなエロスそのもののような女じゃないですか。気配がするだけで、こっちが落ち着かなくなるよ。僕が家に求めているのは、安らぎと平和だというのに…」

「じゃ、そこを出て、どっか静かなところを探すんだな」

「僕、居候なんです。滞在資金も残り少ないし…」

もう、帰国することだ。峯夫はやっと結論に辿り着いた。呆気なくことが決まってしまうのに驚いたものの、何となく肩の荷が下りた。

帰宅して、シャンパンを抜き、再会を祝した。ファティマはどことなくぐったりしていて、ステージで見せる活気はなかった。オルナンでの出来事を彼らに話す気にはなれなかった。パリに戻る前、実家に連絡したら父親が入院したというので、即刻、帰国しなければならないと嘘を言った。「えっ、そんなにすぐ…。名残惜しいな。手術がうまくいって、大丈夫になったらまたここに戻って来いよ」と彰彦は言ったが、ファティマはほっとした顔をしていた。

翌日、空港で搭乗手続きを済ませ、東京行きの便に乗り込みシートに身を落ち着けた。小窓から、滑走路の広がる、味気ない敷地が見える。〈フランスともお別れだな〉と思った。

「アンリエットよ、シモーヌよ、マルタンよ、いつまた君たちに会えるのだろうか。会える日が来るだろうか」

帰国するとすぐ、復学手続きをした。休学期間はたったの四か月だったと気が付いた。もっと長い年月が経過したかのようだった。こちらの日常生活から見るとあり得ないような出来事を沢山経験して、自分が老成してしまったように思えた。級友たちが幼く見えた。『自分が何者かになりたい』という、野心めいた志は消え失せていた。『今、ここに生きている』ということ以上に、大切なことは何もないのだ。刻一刻、自分であること、自分自身からさまよい出ないことが肝心だ。そのための手立てとしては、今のところ画業しかない。無名であろうと、貧しかろうと、一生絵を描いて過ごせれば悔いはない。ともかく卒業だけはしておこう。峯夫は、自由な気持ちで、三年生の単位を履修し終えた。

春休みになった。そろそろ卒業制作のテーマを決めなければならない。早春の風に乗って桜の便りが届く。やがて上野の山も満開の桜で埋め尽くされるだろう。下宿の脇の八重桜はもっと後だろうが…と、とつおいつしているうちにハッと思いついた。「主題は『桜』だ。それも、茶室か書院造の間から見える桜の園だ」と構図まで浮かんでくる。ふと、「その光景は京都にある」という気がした。

四月の初め、京都に向かう。由緒ある神社仏閣の境内はもとより、賀茂川、高野川の岸辺、至る所、古都は薄紅の桜に埋めつくされていた。甘やかな青空の下、連日、花霞の中を歩き回る。桜の『気』にあてられて、峯夫は、頭がぐらぐらした、うらうらの春日は、余りにも情念を刺激する。日陰を求めて、上京にある樂美術館に入った。ここは、四百年前の先祖が「樂焼」を起こした窯元である樂家の、十数代にわたる焼き物が展示されている、私設美術館であった。

住宅街の中にある、普通の御屋敷のような構えである。両側に竹の植わった小径を抜けて邸内に入ると、ゆったりとした閑雅な空間で、清らかなしつらえだった。照明は低く落としてある。展示ケースの中だけにライトが当たっていて、各代当主作の傑作である樂焼茶碗が広い間隔を取って並べられている。外界から隔絶された、陰翳の深い静謐な時間の中に峯夫は浸った。ところどころに、見事な壺が置かれ、華道家の手による花が活けてある。

薄暗がりに目が慣れてみると、右手奥に、着物姿の若い女性が後ろ向きに立っているのに気がついた。一心にガラスケースの中をのぞき込んでいる。中背のすらりとした人だ。結い上げた黒髪がつややかに光り、雪のように白いうなじが鴇色の襟の中に吸い込まれている。「匂うように美しい人だな。やはり京都の女性は違う」と思ったものの、そのあえかな襟足は、どこかで見たような記憶があった。

見終わった女性が振り返ってこちらの方に歩いて来る。つぶらな瞳を大きく開いて、「まあ、佐伯さん。佐伯さんじゃありませんの。どうしてこちらに?」と、その人は言った。桂木美保子であった。ポニーテールの少女少女した印象しかなかった彼女が、しっとりと大人びた和装の麗人になっているので、峯夫はすっかり見違えてしまっていたのだ。

「桜見物に来ているのです。本当に京都は日本の心ですね。桂木さんはこちらが御実家だなんて、うらやましいなあ。あなたは茶道のお茶椀が御趣味なのですね」

「今日は、この奥の樂家の御座敷で、恒例のお茶会が催されましたの。当代の師匠が御亭主役で、家宝のお茶道具でおもてなし下さいました。その帰りでございます」

「何と雅やかな世界に住んでおられることでしょう。僕などには、想像もつきません。由緒正しい家のお生まれと伺いましたが」

「まあ、そんなこと…。佐伯さんこそ、パリに行ってらっしゃったんですってね。お話をぜひ伺いたいわ」

同級生とは言え親しく口をきいたこともなかった二人だが、思いがけないところで出会ったためか、長年の知己のような気分になった。

「御一緒にお茶しませんこと？　この先の一条烏丸に虎屋の茶房がありましてよ」

「ぜひ、お願いします」

老舗の虎屋は、烏丸通りに面した菓子舗の奥にガラス張りの茶房を擁していた。それは、緑の美しい庭園の中にあった。

窓側の席に向き合って坐った。浅緑色の背景の中、濃密な午後の時が静かに流れる。こんなに楽に女性と話ができたのは初めてだった。

「まあ、何時の間にか三年経ってしまいましたのね。来年は卒業だなんて信じられませんわ」

「あっという間でしたね。でも、その間に、随分色々なことが起きた気もします。ところで卒業制作のテーマは決まりましたか?」

「ええ、それが…」

「京都にお育ちだったら、画題はいくらでもお有りでしょう。有り過ぎて、選べないのではないですか?」

「そうなんですが…。京都の風物には、何でも思い出が纏わりついてますもので…。良い思い出ばかりならいいんですが。辛い悲しい記憶もありますでしょ。そんなのがよみがえってしまいますと、いたたまれない気持ちになります。今は向き合えないものもありますわ」

「そうですよね。思い出を穏やかななざしで振り返れるようになるまでは、時間が必要なのでしょうね。僕たちは若すぎるのかも…」

峯夫は、パリのルーブルでの衝撃だとか、クールベの生家を訪ねて山で遭難したことなどをかいつまんで話した。

「フランスでの経験は、余りに生々しくて、まだどう扱ったらよいか分からないのです。これから先の宿題です」

「で、卒業制作のテーマは、何になさいましたの?」

「最近、『桜』というテーマが思い浮かんだんです。それで京都に来たわけですが…。今現在、目に見える圧倒的な美しさは勿論ですが、桜には幼い頃から色々な思い出があるじゃないですか」

峯夫は郷里の村の小学校にあった桜並木を思い、本郷の櫻木の宿にある八重桜を思った。心細かった初めての都会生活のなぐさめであった八重桜である。

「芭蕉の句にも『さまざまなこと思い出す桜かな』というのがございますわね。日本人の心の中に、世代を超えて脈々と続いている美学ですわ。郷愁や憧憬、『華やぎ』や『もののあはれ』などを端的に象徴するのが『桜』なのではないでしょうか」

「桂木さんは、京都生まれ京都育ちの上に、江戸時代からの伝統ある画家の血筋を引いていらっしゃるのだから、日本画の申し子みたいに僕からは見えます」

「まあ、そんなに言っていただいて…。でも家系は古ければ古いほど、何代にも渡る縁のからみ合いがありますの。しがらみで息もつけなくなる事もあるんです。それで、必死に高望みして東京に出たわけで…」

なにか特殊な事情がありそうだ、と峯夫は直感した。深入りすることは避けて、軽い話題に持っていった。

茶房を出て、美保子は烏丸通りでタクシーを止めた。別れ際、峯夫は「海を見るといいですよ。できれば、海外に出てみられては…」と、これだけを言った。美保子は白と鴇色の襲《かさね》になった襟元から、しなやかな首を斜めにかしげて、峯夫に深く会釈した。車は自宅のある北白川に向けて走り去った。

峯夫は通りを渡って、京都御所に入った。玉砂利を敷き詰めた苑内は、どこまでも広い。紫宸殿を囲む白い築地塀が延々と続き、千古の松が、時代劇さながらの枝ぶりを見せている。王朝の閑雅な空気が辺りを領していた。北側の近衛邸跡に向かう。枝垂桜が群生している場所だ。白、薄紅、鴇色の花雲が、盛り上がっては天女の衣のように棚引いている。

美保子と一緒だった時間の、胸騒ぐ余韻を峯夫は持て余して、ただやみくもに広い苑内を歩き回った。北東側の門を出て、鴨川を目指す。春の水が滔々と流れる広い川の両岸には、満開の桜並木が延々と続いている。所々に植わっている柳の大木が、繊細な緑の枝を垂らしているのだった。

峯夫は、京都での自分の目的はすべて果たしたような気分になって、今夜の新幹線で東京に帰ることに決めた。

暗い車窓を見詰めながら、〈美保子さんって、桜の精のような人だな〉と思っていた。

最終学年がスタートした。峯夫は卒業制作に取りかかった。構図がなかなか決まらない。前景に床の間のある和室を持ってくる。中景の庭には、桜の花が満開である。畳の上に置かれた楽焼の抹茶茶碗。鴇色の袂がわずかに見える。女性の気配が、あった方がよいかどうか。払っても、払っても、美保子の残像が浮かぶ。「人物画じゃないんだ」と自分を引き締めてもみる。

「ともかく、桜の方を先にしよう」

下宿の窓から、一葉の八重桜をスケッチする。すると、故郷の情景が浮かび、幼い日の思い出に浸ってしまう。どうにも焦点の定まらぬ、もやもやした気分のまま春は過ぎ行こうとしていた。

何の脈絡もなく〈海を見に行こう〉と思った。三浦半島にある美術館で、最近亡くなった洋画家の回顧展が開かれているという。峯夫は、海のそばの閑散とした館内に入った。峯別ジャンルの絵の方が気楽に見ることができる。やわらかなパステル調の色彩に心が解きほぐされる。花と乙女が主なテーマだった。

見終わって、海を眺めようとガラス張りのロビーに入って行った。ドキリとして立ち止まる。ガラス越しに海へ視線を投げているのは美保子だった。ブルージーンズに白い麻のチュニック姿で、黒髪が肩から背中にかけて扇形に広がっている。動悸を抑えて、「桂木さん」と呼びかけた。

美穂子は落ち着いた様子で静かに振り返った。

「まあ、佐伯さんもこちらに…」

彼に会うことを予期していたようだった。

二人は並んで海を眺める。初夏の日射しを浴びて、海は眩しいほど光っていた。

「佐伯さんが、『海を見るように』とおっしゃったでしょ。それで来てみたんです。海のない土地で育ちましたものですから、このような光景って、私には異国のように思えます」

「僕の故郷も山国で、海を見る機会は余りありませんでした。『光る海』って、実に開放的ですよね。ところで、卒業制作のテーマは、お決まりになりましたか？」

「ええ、『琴』にいたしました」

「それはまた、どうして？」

「『月の光の降り注ぐ下に琴を置いたら、独りでに曲を奏でるに違いない』というような詩がありましたわね。音楽が聴こえてくるような画ができたらと思います」

峯夫は、透き通るような感性を持つ女性だな、と美保子のことを思った。

「そうしたら、どんどん自分の内面に入り込むばかりで…。苦しくなってしまって…。それで海を見に来たんです」

「僕も同じですよ。イメージはあるのだけ

れど、表現が思うようにいかなくて、すっかり煮詰まるというか、行き詰まってしまいました」

「海の近くまで行ってみませんこと?」

二人は荒磯の広がる海辺に出た。日射しはもう真夏で、潮風が心地よい。裸足になって、波打ち際を歩いた。磯の岩伝いに、峯夫が跳び移る。美保子もそれを追う。じりじりと陽に焼かれて上気した頬に波しぶきがかかり、黒髪が揺れる。野生の匂いがした。峯夫は腕を伸ばして彼女を待ち受ける。最後の岩を跳んで、彼の腕につかまる時、美保子がよろけた。慌てて彼女の脇の下に手を入れ、上体を支える。熱く波打つ胸のふくらみが腕に伝わり、峯夫は体中の血が逆流するのを覚えた。

バスで逗子に出る。静かなカフェレストランに入った。


「楽しかったわ。海で波と戯れるなんて、子供の頃から一度もなかったから。おかげさまで英気が養えました。また画に立ち向かえそうです」

「僕もです。海はいいですね。どこまでも広がっていて無限を感じさせる。いつか海の風景を描いてみたいです」

「どこをお描きになりたいの?」

「行ったことはないんですが、何故かシチリアの海が目に浮かんできます。前世で見たのでしょうかね」

「まあ、ロマンチストですこと。果てしない夢想をお持ちですのね」

「桂木さんこそ。独りでに鳴り出す琴だなんて…。御自身、お琴を弾かれるのですか?」

「いいえ、母が弾いておりました」

「あなたのお母さまなら、お琴の似合う京

美人でしょうね」

「ええ…まあ」

「『もののあはれ』と言うか、寂々とした風情にも思われますが…」

「つい思いにふけってしまい、幽明の境が分からなくなります」

「おやおや、向こう側に引き込まれないでくださいよ。しかし、そうなったら、僕が何時でもお迎えに行きますからね」

峯夫は冗談めかして明るく言ったが、その時、何か不穏な空気を感じてどきりとした。

丁度、注文したシーフードパスタとレモネードが運ばれてきた。あとは、教授や級友についての軽い話題に移った。

逗子駅で上り電車に乗る。「伯母のところへ寄る約束なので…」と言って、美保子は北鎌倉で降りた。別れ際、彼女は細い消え入りそうな声で言った。

「母はもうおりません。自殺しました」

峯夫は頭が真っ白になって、東京に着くまで何も考えられなかった。琴の絵を語る時の、寂しく透き通るような彼女の横顔だけが脳裏に浮かぶ。

本郷の下宿に帰って、人心地つくと、「彼女は大丈夫だろうか」と不安が波のように押し寄せた。「あんな精神状態で、月と琴とを描き続けたら、あちらの世界に呼ばれてしまうのでは…」冗談のつもりで言った言葉が、にわかに現実味を帯びていた。

キャンパスで出会う美保子は、ポニーテールにジーンズといった格好で、普通の若い女性に見えた。桜の精のようだった和服姿、潮風に髪をなびかせていた野性的なイメージ、夕闇の中で母の死を告げた時の蝋人形のような面影は、どこにもなかった。

「女性というものは、旋風の中に射す光のように、何と次々と姿を変えるものだろうか」と峯夫は思った。

方向が同じなので、下校時、よく一緒になった。四方山の話をしながら歩く。言問通りを下り、谷中六丁目の交差点で、美保子は右に曲がる。古刹が無数に並んでいる界隈である。彼女のマンションは日本美術院の近くだと言うので、美術院を見学がてら同道することにした。

「随分、お寺が沢山ありますでしょ。京都顔負けですわ」

「さすが谷中ですね。上の方には名高い霊園もありますしね。実は、僕の下宿も本郷の寺の境内にあるんです」

夏蝉の声が、しげく降り注いでいた。

「墓地って、結構僕は好きなんです。村はずれの寺の裏山に、家の墓があって、祖父母が眠っています。幼い僕をとてもかわいがってくれた。良きにつけ悪しきにつけ、お墓に行っては報告したり相談したりするんです。そうすると、鎮守の森から一陣の風が吹いてきます。御先祖様からの答えが届けられたように思えるのです。すると、悩みや問題が嘘のようにかき消えてしまいます。その帰り道の爽やかなことといったら…」

ふと気づくと、美保子は硬い表情をしてうつむいていた。

「ごめんなさい、お墓の話なんかして…。僕は親友を若くして山で亡くしているし、自分の死もすぐそばまで行った経験があるので、どうしても避けて通れないんです」

「琴の画を描いていると、ふっと心が弱る

ことがあるんです。母のところへ行ってしまいたい。母が私を呼んでいるのでしょうか」

峯夫は、しっかりと美保子の方に向き直り、その華奢な肩に両手を置いて、言った。

「そんなことあるわけないじゃないですか。お母さまは美保子さんに、溌溂と生きて欲しい、幸せになって欲しい、と向こう側から応援していらっしゃるに決まってます」

峯夫の目は真剣味を帯び、大きく見開かれていた。美保子は泣き出しそうになりながら、彼の視線をやっとのことで受け止めた。

「今度、心が弱った時には電話して下さい。いつでもお力になります。僕は美保子さんに佳い画を描いて欲しいんです。お話を伺っただけでも、清冽な詩情と音楽性を感じます。でもそれは、生命が漲りあふれてこそ完成するものだし、見る者の心を打つものになるのですから」

日本美術院を通り過ぎたところにある、白い高層マンションの前で別れた。峯夫はそこから根津へ出て、本郷に向かった。

秋風が立つ頃になると、学生たちの卒業制作も佳境に入った。完成半ばの画を指導教官に見てもらう日が来た。峯夫の構図はまずまず受け入れられたが、鴇色の袂は冗漫だと言われた。その代わり、紫の帛紗を置いて桜の森を強調した方が良いという指摘だった。

美保子の画は、皓々と降り注ぐ月光の中に、木目の美しい琴がくっきりと浮かび上がっている。琴の音《ね》が響いてきそうだ。だが、彼女は余白を持て余していた。芒や秋草を配しては寂しい。花を持ってきては玲瓏さが失せてしまう。余白となった背景は、虚無を感じさせた。教授も決めかねて、美保子にもう少し熟慮するようにと言った。

それからよく、美保子から相談の電話が掛かってきた。その度に、内容や言葉に違いはあったものの、彼女は虚無に耐えかねているのだと峯夫は直感した。

鰯雲が空に広がり、秋も深まっていた。ある夜、夢に美保子が現れた。泣き濡れた目でこちらを見詰め、何か言いたそうだった。電話のベルが鳴って目が覚めた。皓々たる月夜であった。天窓から、水晶のような光が流れ入り、辺りを明るませていた。

「もしもし、美保子さん?」

「まあ、どうしてお分かりになったの?」

「どうなすったんです?」

「私、怖くて、怖くて、母に呼ばれているようで…。向こうの世界に行ってしまいそうなの。もう半分…」

「美保子さん、しっかりするんだ。こらえて下さい。…僕が、そっちに行った方が良いですか?」

「…おねがいします…」

「待っていて、すぐ行きますから」

谷中の美保子の部屋に、峯夫は初めて入った。ここにも月光は音がするほど降り注いでいて、暗い部屋に燐が燃えているようだった。美保子は蒼白な顔をして震えていた。髪が乱れ、空ろな目は恐怖で見開かれている。峯夫は胸が一杯になってそっと彼女の身体に腕を回した。溺れる者のように必死になって美保子がしがみついてくる。峯夫はわななく身体を力を込めて抱き締めた。冷たい、光沢のある髪を静かに撫でながら、「もう大丈夫ですよ、もう大丈夫」と、わけも分からず繰り返していた。

ややあって、身体の震えは止まり、体温が戻ってきたようだった。峯夫は静かに腕を離し、美保子を椅子に坐らせた。

「大丈夫ですよ。僕がここに居ますから。凄いような月の光ですね。カーテンを閉めていいですか」

峯夫は部屋の照明を点けた。机上には、未完成の作品が広げられている。

「今夜のような月を見上げていますと、急に鋭利な刃物で心臓が抉られたようになってしまって…。魂を抜かれたのでしょうか。私が私でなくなって…。恐怖のあまりお電話してしまいました。お恥ずかしいことです」

「いいえ、いいえ、頼っていただけて本望です。実は、ずっと心配していました。『幽明の琴』は、今のあなたには荷が勝ちすぎているように思えて…。母上が亡くなってから余程時間が経たないと、この主題に取り組むのは無理ですよ」

「でも、この方向に進んで来てしまって、迷宮に踏み入った挙げ句、抜け出すにも抜け出せないでおります。今夜など本当に恐怖感が募ってしまって…」

峯夫はじっと琴の画を見詰めた。

「凄絶な秋の月ではなくて、春の優しい朧月にして、甘美な音を奏でる琴のイメージにしたらいかがですか。余白に桜の花をちりばめて。娘盛りの母上の姿が思い浮かびませんか?」

「そうでしたわ。私が幼い頃、母はそのような雰囲気でした」

美保子は、ほっとした表情を見せた。

そんなことがあって、美保子の「琴」と峯

夫の「桜」は審査を通り、無事、卒業を迎えることになった。級友たちのほとんどは大学院への進学や外国留学が決まっていた。峯夫はかねての予定通り郷里に帰る。甲府市の画塾の師匠から助手をしてほしいと頼まれていた。助手とは言っても高齢の師匠はそろそろ引退を考えていて、大半の仕事を峯夫に任せたい様子だった。峯夫は、この申し出を感謝して受け入れた。

「隠れて生きし者、最もよく生きたり」という、何かの本で読んだ言葉が、今や峯夫のモットーとなっていた。

美保子は京都に戻って、そこを活動の場にするということだった。「あちらにはあちらの画壇というものがあるのだろう。伝統ある家柄だ。きっと鄭重に迎え入れられることだろう」と峯夫は思った。

二人は別々の道に別れてしまう。峯夫は胸が引き裂かれる思いだった。一年生の頃から憧れの人で、最終学年では考えられないほど接近し、心が触れ合い、忘れられない人になっていた。だが、余りにも家柄や身分が違い過ぎる。今もこれからも生活力のつく見通しなどなくて、将来を約束することなど到底できない。

美保子を東京駅の新幹線ホームで見送った。峯夫は努めて明るく振る舞い、これが仮の別れであるかのように思い込もうとした。

「これからも連絡を取り合いましょう。お便りしますね」

「私もお手紙を書きますわ。佐伯さんの爽やかさを忘れません。色々ありがとうございました」

そう言って美保子は車内に入った。発車べ

ルが鳴って列車が滑り出す。窓際の美保子が峯夫の方を向いて、はすかいに首をかしげ深く会釈した。今度もまたスーツは鴇色で、真っ白な首が眩しかった。

画塾で生徒たちの指導にあたる日々が始まった。三十人余りの生徒たちは小中学生から定年退職後、子育て終了後の世代まで多岐にわたっていた。一人一人に向き合って、各々に合わせた指導をするのは神経を使うが、結構、峯夫の性に合っていた。少年時代は引っ込み思案で人見知りだったはずなのに、都会生活やフランスでの経験が彼を大きく変化させていた。自分は案外、人間が好きなのかも知れない、と峯夫は思った。

生徒の絵に一筆手を入れたり、一言注意するだけで信じられないほど絵が生き生きする。魔法を見るように生徒たちは喜んだ。その笑顔に峯夫は生き甲斐すら覚えてしまう。仕事は一日置きで忙しくなかったが、それに応じて、報酬も少なかった。何よりも自分の画業を追及できる、という利点があってこそである。

アルバイトをしていた銀座の前島画廊とはまだ縁が続いていて、「山梨に居るのなら、八ヶ岳の別荘の管理を頼みたい」と言ってきた。

その別荘を五月の末に訪ねた。管理事務所で身分を言って鍵を受け取り、山の斜面にそびえる洋館に入る。無人の館は、贅沢な造りながら薄暗く侘しく、足を踏み入れた瞬間、寒気さえ覚えた。

峯夫は、全館の窓という窓をすべて開け放し、ベランダのガラス扉も大きく開いて、大掃除に取りかかった。馥郁たる風が一斉に流れ込む。西側に八ヶ岳連峰、南側に南アルプス山脈が望まれ、遥かに秀峰富士の姿も雲間に浮かんでいる。

唐松の芽吹きの緑が繊細なレースのように広がり、アカシアの白い小花が重たげな房をなし、見遥かす斜面一帯に宝石をちりばめたように揺れている。

半日、汗びっしょりになって身体を動かし、どうやら掃除にも目鼻がついた。木製の広いベランダにデッキチェアを持ち出して一息入れる。青い山並みに目を遊ばせ、樹々を渡って来る風を胸一杯に吸い込みながら、こちらに帰って来て本当によかったな、と思う。山も森も青い空も皆、自分を知っていて、自分の延長のような気がした。

もう一か月もすれば、この別荘地にも夏の住人たちが入り賑わいを取り戻すだろう。家の中はあらかた片づいたが、庭は荒れ放題だった。枯れ葉や枯れ枝を始末したり、すっかり繁茂してしまった雑草も抜かなければ…。その前にと、峯夫は買ってきた弁当とお茶をリュックから取り出した。

別荘の掃除は一日で済んだ。甲府市のアパートには車で小一時間もすれば着く。今、身体中を満たしている爽やかな山の〝気〟を美保子に届けたくて、すぐに机に向かって、手紙をしたためた。

京都の旧家に戻った美保子は、才能ある若い女性として雅やかな絵巻物を繰り広げるような暮らしぶりなのだろう。峯夫の想像の中で、美保子は「紫の上」と重なるのだった。

彼女からは、仲々返事が来なかった。自分が想うほど彼女からは想われていないだろうとは考えていたが、やはり寂しかった。「僕のことなど忘れてしまったのだろうか」

一か月ほどして、返信が届いた。鳩居堂の便せんに、細筆の墨書きであった。

「お手紙ありがとうございました。緑玉と白玉のタピスリーが目に浮かびました。佐伯さん本来の爽やかさが、ふるさとの山河でいかんなく発揮されてますのね。眩しいような、うらやましいような気持ちでございます」

それから、京都の葵祭の描写や野点の様子が綴られていて、峯夫は溜息をついた。だが文章は、最後になって調子が変わった。

「私の方は、家の伝統を受け継ぐ道を選択したつもりでした。息苦しさは承知の上で。ところが、家の事情がそれどころではなくなってしまいました。こんなこと、お伝えするのがはばかられて、嬉しいお手紙をいただきながら、どうしてもお返事できませんでした。思い切って書きます。母の死の原因となった女性が父の後妻になって、今、家に居るのです。顔を合わせるのもつらい。父のことも許せません」

峯夫は、頭を強打された思いがした。彼女を助けたい！　だが、青二才の自分が出て行ったところでどうなる。古都の由緒ある旧家の因縁やしがらみに太刀打ちできるはずもなかった。自分が有力者でないことをこれほど口惜しいと思ったことはない。

通り一遍の励まししか、手紙に書くことはできなかった。画業だけは、どんなことがあっても続けるようにと祈った。あれだけの才能を、こんなことで枯らしてしまってはならない。悲しみや苦しみは天才を花開かせる土壌なのだ、と何度もつぶやいてみる。

山国に、美しい夏が訪れた。渓流の水は冷たく澄み、新緑が山々を覆う。峯夫は八ヶ岳の山荘に行ってペンキ塗りをしていた。目の下の九十九折りの舗道を大型の白いベンツが上って来る。山荘の真下で止まると、華やかな一団が車から降り立つ。黒いリボンをめぐらした黄色いストローハットにサングラス、レモンイエローのワンピース姿の女性は前島潤子であった。

「まあ、佐伯さん、ご精が出ますこと。いつも管理していただいて、助かりますわ」

潤子は峯夫に夫の前島弘道と三輪勝久画伯を紹介した。三輪画伯は「やあ、佐伯さんは僕の後輩というわけですね。」と愛想が良かった。前島弘道は銀髪の紳士で、潤子とは一回り以上違うと思われた。

「今日は別荘開きなのよ。佐伯さんも入れて四人でパーティーをしましょう。下の町で材料は沢山仕入れてきましたから」

峯夫は庭先にあるバーベキューの炉に火を起こした。潤子が肉や野菜をステンレスの串に刺し、三輪がシャンパンの栓を抜いた。

「佐伯さんのおかげで着くなりすぐ住めるようになっているんですもの、有難いわ。例年だと掃除の人を入れたり、庭師を入れたり、水道やガスの手配をしたりで、始めは本当に大変なのよ」

ひとしきり、この辺りの山や自然の美しさを感嘆する声が聞こえた。山の空気は健康な食欲を刺激する。肉の焼ける香ばしい匂いが庭に満ちた。

「もう二十年も前からこうした夏を楽しんでいるのよ」と潤子が言った。この別荘は潤子の実家が建てたもので、現在は彼女が受け継いでいる。

「潤子さんは、十五才の少女でしたね。僕が初めてここに伺った時には…」

画伯が、昔を懐かしむようなまなざしで言った。一瞬、彼の顔が二十才の青年に戻った。

それから話題は絵画や芸術一般へと移っていく。画家と画商といった同業者の間で、この話題は尽きることがなかった。

やがて西の空が真っ赤な夕焼けに染まった。谷に夕闇が降りてくる。峯夫はいとまを告げて自分のカローラを発進させた。途中、谷川のほとりで蛍の大群がオーロラのように揺れるのを突っ切って、甲府市のアパートに戻った。

美保子との間には、短いあいさつを記した季節の絵手紙が時折、行き交うぐらいだった。何も力になれない自分が歯痒くてならない。しっかり向き合った長い手紙が書けないまま、月日は流れた。

山々が錦繍に彩られる頃、美保子から封書が届いた。伽羅の香りがした。その手紙は、彼女が結婚をすることを告げていた。相手は、やはり旧家の長男だという。京都は、家柄の釣り合いを問題にする土地柄なのだ。

峯夫は目の前が真っ暗になった。彼女はもう、手の届かない遥か遠くへ行ってしまう。桜どきの京都、葉山の海辺、壮絶なまでの月の光と忘れられない夜。宝石のような時間。すべては思い出になってしまうのだろうか。

「こちらでは、結婚とは家同士のものなのです。もっと私が自己を確立し、大地を踏みしめて独力で歩ける人だったら違っていたかも知れませんが…。家の中が複雑なのは、お話ししましたよね。この地獄を抜け出す道は、今の私には結婚しかないのです」

「こんな結婚をしてよいのだろうか」と、まず峯夫は思った。できるなら引き止めたかった。一年前なら、飛んで行って、この腕の中に抱き締めて、深淵に滑り落ちるのを止めることが出来た。だのに、今は…。峯夫は歯噛みして、髪を掻きむしった。

伝統の中に沈潜して、画業を続けていくためには、彼女はどうしても京都で生きていく他ないのかも知れない。「何もかも捨ててこちらに来てくれ」と言えたらどんなに良いだろう。そう言う勇気も自信もなかった。

八ヶ岳の別荘はまた空き家になり、週一回、管理に通うようになった。暇を見つけては、枯れ枯れになった野山や初冠雪の富士をスケッチした。十一月に式を挙げたはずの美保子からは、もう便りは来なくなっていた。峯夫も、人妻に手紙を出すのは憚られて、音信は途絶えたままになっている。折ふし、彼女のもとに心は飛んでいく。嫁ぎ先で幸せにやっているだろうか。夫になった人は優しいだろうか。

三か月に一度は東京に出て、銀座の前島画廊を訪ねる。別荘番としての業務報告もあったが、完成した画を持って行って、画廊に預けておくと、三輪画伯が来訪した時にその画を見て、批評してもらえる手筈になっていた。すでに何回かそんな機会に恵まれた。ある日、完成した絵画がたまった暁には、展覧するのに前島画廊を使ってくれてよい、と言われた。無名の自分が一流の画廊で個展が開けるだなんて…。峯夫は幸福感で一杯になった。

アカシアの季節がまた廻ってきた。峯夫は八ヶ岳の別荘に出向いて、夏の準備に取りかかっていた。全館を開け放って、緑の風を入れる。ベランダの床にモップをかけていると、麓から上って来る白いベンツが見えた。

「今年は前島さん、随分早くに山に来るんだな」と思っているうちに、車は到着して、ベージュのスーツ姿の三輪画伯が降り立った。あとに続く者はなかった。

「少し君に話があって…」と画伯は言った。黄と青の縞のネクタイが鮮やかに目に染みる。

「画塾に電話したらここだと言うので…」

画廊の件だろうか、と峯夫は訝しく思ったが、居間の肘掛け椅子へと客人を案内する。オレンジジジュースをグラスに入れて運ぶ。喉が渇いていたのか、画伯は美味しそうに飲み干した。

「電話では一寸言えないことなので…。桂木美保子さん、知っているよね。君と同学年だった」

「ハイ、よく知っています。助け合って、卒業制作をやったものです」

「僕も非常勤で行って、指導したこともある。天才肌の繊細な人だった」

「彼女がどうかしたのですか?」

「どうしたもこうしたも、京都在住の僕の同期生から昨夜聞いたのだが…」

「卒業後、京都に戻って去年結婚したことまでは知っていますが」

「婚家先で自殺未遂をして、今、京都北郊の精神病院に収容されている。精神病院は父親の後妻の意向らしい。邪魔者を片付けたいのだ。婚家とは離婚話が進んでいるそうだ」

峯夫は頭を抱えて、椅子の上に崩れ込んだ。「君と親しかったと聞いたもので、知らせなければと思ったのだよ」

三輪画伯は同情のこもったまなざしで言った。彼は県立美術館で講演をしなければならないと言って、間もなく帰って行った。

峯夫は、放心した視線を外に投げていたものの、風景は全く灰色だった。自分の優柔不断がこのような悲劇を招いてしまったのだろうか。助けを求める彼女の魂の叫びを、自分はどこで聞き逃してしまったのだろうか。

「心が弱ったら、何時でも呼んでください」

と言った自分の声、「向こう側の世界に引き込まれないで下さいよ。しかし、そうなったら、僕が何時でも、お迎えに行きますからね」

と言った自分の声が、耳元でガンガン鳴り響く。

「そうだ、美保子、僕が迎えに行くよ。待っていて！ すぐに行くよ。どんなことをしても病院から連れ出してみせる。僕が必ず、回復させるから…」

いつしか峯夫は拳を固く握りしめていた。目に力をこめて、アカシアの花を凝視する。白い色が戻ってきた。緑の色が戻ってきた。空の青さが目に眩しい。

「美保子、君をシチリアに連れて行くよ。紺碧の海を眺め、果てしない空の青を吸い込んだら、君はきっと回復するよ。葉山の海でだってそうだったじゃないか。美保子、君の野性を取り戻すんだ。君の天才を取り戻すんだ」

パリの家

昨日で、私が主催した考古学会が終了し、今朝ロンドンの自宅を発った。パリに着いたのは昼過ぎ。夏とはいえ大気に澄んだ冷たい粒子の混じるイギリスと比べ、パリは陽光に満ち、開放感に溢れている。重量感のある建物が立ち並ぶ、世紀を経た都であるが、石畳の奥には、熱いラテンの血が伏流しているかのようだ。

マレ地区を下る、丈高いポプラの並木越しに、セーヌの川波が煌めいているのが見えてきた。中州に位置するのが、シテ島とサン・ルイ島。パリ発祥の地で、歴史は紀元前に遡る。シテ島には、二百年近くかけて十四世紀に完成したノートルダム大聖堂、大革命時、貴族やマリー・アントワネットが幽閉されていたコンシェルジュリ（牢獄）があって、世界中のカトリック信者や観光客を集めている。これと対照的に、隣のサン・ルイ島は閑静な高級住宅街で、四百年前に建てられた貴族の邸宅が軒並みをそろえている。

そこの一角に、独身だった伯母が甥の私に遺産として残してくれた家がある。音楽家だった伯母は半年前、この自宅で亡くなった。六十七歳であった。

いくつもの暗証番号を押して、建物の中に入る。唐草模様の欄干に掴まりながら、階段を螺旋に上がって行く。静かに歩いているつもりなのに、足音がとてつもなく大きく、ホールにこだました。伯母の家（現在は私の家）は二階の南側である、厳重な鍵を回して分厚く重い扉を押し開けた。薄暗い室内は空気が淀んでいる。急いで窓の鎧戸を次々に開け放った。目の下は直ぐセーヌだ。透明な光のヴェールの中をバトー・ムーシュ（遊覧船）

が静かに行き交っている。ポプラの葉陰から吹いてくる風が、一斉に部屋の中に流れ込んで、私は香しい空気を胸一杯に吸い込んだ。天井は普通の三倍は高く、暖炉は大理石で、百人ぐらいの音楽会なら開けそうなほど広い。

一休みすると、私は中央に置かれたグランドピアノの蓋を開けた。指がひとりでに鍵盤の上を滑る。まだ調律は狂っていない。湧き上がるように始まったショパンのエチュードが大広間に響き渡る。少年時代、伯母に手ほどきしてもらった頃が、懐かしく蘇える。

私は五歳の時に両親を同時に自動車事故で失い、祖父母の家に引き取られた。その時、伯母は二十歳で、私から見たら大変な大人だったが、姉が弟をいたわるように私をかわいがってくれた。

伯母は二十五歳の時、音楽修業の場をパリに移した。当初はパリ音楽院の学生として、指導教官の下、ピアノの研鑽を積んだ。しかし、いつしか滞在は長期化し、たまに数か月単位で帰国することはあっても、四十年余を終生フランスで過ごしたのだった。セーヌ河畔のこの家、グランドピアノの音響が並外れて優れたこの大広間こそ、彼女の音楽の源、魂の泉の湧くところだったに違いない。

半年前、彼女の急逝を聞いて駆けつけ、葬儀や煩雑な手続きに奔走したものの、この家に宿泊するのは今回が初めてである。伯母の思い出にふけったり、合間に何曲かピアノを弾いたりしているうちに、晩祷を知らせるアンジェリュスの鐘が聞こえてきた。緯度が高いので、パリの夏の夜はいつまでも暮れない。外はまだ明るかった。

トゥーネル橋を渡ってセーヌ左岸に出る。そこはカルチェラタンだ。もう二十数年前になる、私がソルボンヌの学生だった頃、付近の狭いアパルトマンに住んでいて、夜はよくこの辺で食事をしたものだった。裏通りのビストロに入る。潔癖で物堅いロンドンに比べて、どことなく投げやりな雰囲気がいかにもパリらしい。ワインを一本取って定番のステーキを味わった。

帰途はさすがに紺青の濃い闇が降りていた。橋の上から見ると、正面のノートルダムがライトアップされて美しく輝いている。万感の思いが胸に迫ってきた。酔いも手伝って、幾星霜のパリの思い出が走馬灯のように浮かんでは流れる。しかし、そんな年月どころではない。足かけ七百年の長きに渡って、ノートルダムは、パリの繁栄と衰退を、戦乱と復興を見詰めてきたのであり、ここに暮らす人々の信仰、希望と絶望、恋と失意を見てきたのだった。

帰宅すると学会明けの旅の疲れも相まって、私はすぐ寝室に入り、眠りに落ちた。夢にうら若い女性が現れた。彼女は森の縁にいて「みーちゃん、森へ行きましょう」と、花畑の中にいる私を呼んでいた。「まりえおばちゃま、こっちへ来て！　ほら、チョウチョがいっぱい」と私は叫んだ。「森からは鳥の声が沢山聞こえるわよ」と伯母の澄んだ声。

ふいに明るい光に顔を照らされて、私は目を覚ました。縦長の窓から月光が、大きな光の川となって流れ入り、部屋の闇をよぎって溢れているのだった。昼間開け放った鎧戸を、閉め忘れて寝入ってしまっていた。寝室の戸締りを終えて、居間に向かう。ここにも月の光は斜めに射し入っていて、壁の肖像画を浮き上がらせていた。娘盛りの秀麗な婦人像である。私が幼い頃見知っていた、若い日の伯母の面影があった。

額縁の下には嵌木細工の背の低い本棚があって、かなりの数の、皮で装丁されたノートが並んでいる。普段なら見過ごすような光景だが、私はふと何かに促されるようにその中の一冊を抜き出した。中は伯母まりえの日記だった。跡継ぎのない彼女が、法定相続人の私に残した遺産のうち、最も精神的なものを私はこの晩発見したのだった。月の光と彼女の霊に導かれてのことだったと思う。

パリに着いた当初は日本語で書かれているが、デリケートな場面ではフランス語が使われている。そのうち何年かすると、フランス語の方が多くなる。当地での日常生活の機微を表現するには、フランス語でないとうまくいかない、というのもわかる。

日記を発見してから、その後長い期間をかけて読み通すことになるのだが、私はこの仕事を、サン・ルイ島の家の、セーヌを見渡す窓辺でのみ行うことに決めた。ロンドンや東京に持ち帰ってはならない。伯母の在りし日の時間や声が蘇えってくる場所は、ここより他にない、と直感したからだった。

伯母まりえのフランスでの生活が始まったのは、一九七五年、彼女が二十五歳の時だった。当初は、何かにつけて勝手の違う異国暮らしへの戸惑いや、冷たい視線への恨みが綴られている。「去って来た故国が、地理上の遥か彼方に、あたかも前世のように遠く思われる」などと、哀切な孤独を滲ませている。

が、やがて、年若い彼女の周囲にひっきりなしに立ち現れてくる個性豊かな人々へと、筆は移っていく。

＊　＊　＊

ピアノの練習に疲れて、まりえは明るい青い夏の光の中へ出て行った。付近に広大な公園がある。半時ほど歩いて、樹陰に入り、草の上に腰を下ろした。幹にもたれて小鳥の声に耳を傾けているうちに、いつしかまどろんでいた。顔の前に虹色の小さな輪がくるくる回っている気がして、目を開ける。遠くの方で誰かが合図しているようだ。その方角に歩いてみる。カンバスに向かって一心不乱に絵筆をふるっている若い男がいた。近づいて後ろから絵を覗き込む。澄み切った水面の後方に木立のある風景画である。大樹の根元に小さな人影が、線描画の緻密さで描かれていた。青年は振り返って、輝くブルーグリーンの瞳でまりえを見詰めた。「これはあなたですよ。薄いピンクのドレスと豊かな黒髪のコントラストがとても美しかったもので」

こうして、まりえはジャックと出会った。翌日も翌々日も、ピアノ練習を終えて公園に行くと、彼は同じ場所で絵を描いていた。やがて二人は四方山の話を交わすうちに、自分たちの来歴を話すまでに親しみを覚えるのだった。

建築家志望のジャックの絵は、緻密で構成がしっかりしていた。その反面、豊かな詩情も感じられる。点景として人物が加わったせいで、メルヘン風になった。

まりえは幼い頃からの音楽修業のことを

語った。日本では超一流と褒め称えられていたのに、ここに来てみればあれは一体何だったのかと思う。自分の技量も自分自身も、実に心もとない。今までのことはゼロに置いて、初心にかえって音楽に取り組もうと思う。いつかリサイタルも開けるまでになりたい。

ジャックは練習室まで来て、まりえの演奏を聴いてくれた。紫色の夕靄の中で、彼女はショパンのエチュードを弾いた。彼は目を閉じて聴き入っている。やがて目を開いて言った。

「マリ、素晴らしかったよ。音が澄んで、美しい。君の心や人生そのものだね」

まりえは心がほどける。

「ただし、線が細すぎるよ。音の芯に鋼かダイヤモンドのような強靭さが欲しい。今はいいけど、もっと大曲になったり、オーケストラと共演となると、たわんでしまうかもしれない」

まりえは自分の生き方、在り方を言われたような気がした。まだまだ修業の道は遠い。

「それには、まずしっかり食べることから始めなければ…」

二人は学生食堂に向かった。高い天井に人々の声や食器の音が反響していた。プレートを持って列に並ぶ。辺りは人種の展覧会みたいだ。わけてもアフリカの学生たち、頭髪を無数に分けて編んでいる姿が印象的である。クスクスに野菜スープをかけ、ビーフと一緒に食べる。周囲の熱気が二人に乗り移る。

「深い森や水辺は、僕の魂の在り処なんだ。神秘であると同時に底の底まで透き通っていたい。熱情や絶望の果ての慰めでもありたい」

「可能性は無限のようね。でも的が多すぎ

ると座礁しない？　先ず一つに絞ってみたら」

「そうだね、幼い頃の純粋な心になって、周囲の世界を原初の目で発見することから始めなくてはね。君と同じさ。今持っているものをすべて手放して幼子に戻ろう。僕もいつか個展を開きたい。そして誰か一人でも、僕の絵で魂が救われたという人がいたら、それで十分さ」

「お互いにがんばりましょう」

二人はグラスをカチリと合わせた。

爽やかな初夏が巡って来た。二人は北駅から列車に乗って、シャンティイへ出かけた。広大な森に囲まれて建つ、優美なルネッサンスの城で知られるところである。手をつないで薄暗い城内（現在ではコンデ博物館）の絵画ギャラリーを巡ってから外に出ると陽光が目に眩しい。水辺に下りて、ジャックは小舟のとも綱を解き、まりえを誘った。湖面は周囲の森を映して、どこまでも深い碧色に澄み、その反射で、ジャックの瞳がすっかり緑になっている。吸い込まれそうな気がした。音と言えば、わずかにオールの響きだけが聞こえる静寂の中を、小舟は水脈を引いて進む。鍔広の白い帽子の影で、まりえの頬は薔薇色だった。

対岸に着いて、森の小径を辿った。やがて、陽に照らされた草原に出る。二人は花をつけた灌木の傍らに坐った。一面の緑の中に赤やオレンジ色のひなげしが咲いている。小鳥の囀りと相まって、一幅のタピスリの中に自分たちが編み込まれている気分がした。

近くに子供たちの一群れがいて、軽やかなソプラノで呼び交わしているのが、そよ風のさやぎのように聞こえてくる。白くて柔らかい小さな手足が草の中で跳ね回り、天使のような亜麻色や金色の巻き毛が揺れて、この世のものとは思えない愛らしさである。

「おなかが空かない？　何か買ってくるから、ここで待っていて」と言い置いて、ジャックは小径の向こうに消えた。

的を外したボールが、まりえのところへ飛んできた。色とりどりの服装をした子供たちが、ばらばらと駆け寄って来る。ボールを拾って投げてやると、口々に「ありがとう、お姉さん」と言って、笑顔の小さな花が幾つも咲いた。「お姉さん、どこの人？」「何をしているの？」等々、好奇心いっぱいの彼らはまりえを質問攻めにした。やがて子供たちは先生に呼び集められて、向こうの方で草の上に坐っておやつをもらっている。うっとりするような可憐な光景である。

森の小径を、銀輪を光らせて一人の若者がやって来た。灌木の陰にいるまりえのところに、わざわざ茂みを回り込んで来て話しかけた。世慣れないまりえは、それに律儀に答えていたが、こういう事は相手にある意図があるからだ、と後から教わった。

木立の向こうに大きな包みを抱えたジャックの姿が現れた。知らない男が彼女に接近しているのを見て、顔色を変えた。やにわに大股で近づくと、まりえの腰に腕を回した。その気色ばんだ様子に、見知らぬ男は退散した。

まりえはジャックが手渡してくれたシードルを口に含んだ。ノルマンディーの林檎でできた軽い発泡酒である。口の中に爽やかに広がり、カラカラだった喉をみずみずしく潤していく。次はハム、チーズを挟んだバゲット。

オレンジの皮に爪を立てると、黄金色の滴で指が濡れた。満ちてくる充足感に心が解き放たれる。光と風の中で蜜のように溶けてしまいそうだ。

「こんなに伸びやかで、何ものにもとらわれない、自由な幸せって…。初めてだわ、こんな幸福感。いえ幼い日、まだ自我がなかった頃、軽い足取りで吹き過ぎる風の精だった気がする。とても自由で、とても幸せだった」

今、東京での生活を思い返すと、空気の薄い灰色の部屋のように感じられた。レッスン、レッスンに明け暮れる判で押したような毎日。常に上を目指して次の段、また次の段と、際限なく続く挑戦。規律一本で縛られていた人生。それなりに充実感もあって、褒められてもきた。可愛い甥や物心ともに支えてくれる両親もいた。尊敬する先生にも恵まれた。

だが、周囲はライバルばかりの狭い世界だった。緊張が解けたことなど無かった気がする。今、こうして草原に坐して、透き通った光と風の中で心から語り合える男性が傍らに居る。何という広がり、何という安心感。

「生きるって、こういうことなのだ。今まで私は知らなかった」。まりえは呼吸が深くなるのを覚えた。大気の中の光の妖精たちが、澄み切った声で歌っていた。

《私たちは、あなたを生かし、すべてを与え、幸せにする》

まりえは瞳を閉じ、静かな微笑を浮かべた。睫毛の影が白い頬に映る。長い髪がさらさらと肩に流れていた。ジャックが口を開いた。

「僕が描くのはほとんど風景画なのだけれど、君の柔らかな面差しを見ていると、無性に人物を描きたくなった。今度、肖像画のモデルになってはくれないだろうか?」

こんな快い午下がりには、何でも承諾してしまいそうだ。「ウイ」の返事に、ジャックはまりえを抱擁して接吻した。

授業やレッスンのない土曜日が肖像画制作の日に当てられた。場所は、二人が初めて出会った森の樹陰に決めた。

爽やかな風が流れているような背景の前に、白い薄地の衣装をまとった若い女性の姿が描かれていく。モデルの透き通るような肌を表現するのに薔薇色の翳りを入れてみた。深々とした黒い瞳には菫色の影を添わせる。花のような顔を取り巻く豊かな髪は、何色で表現しよう。日差しを受けて光芒のように見える…。

まりえはジャックのブルーグリーンの眼が自分にぴたりと向けられると、胸が沸き立つような充実感を覚えた。

異郷に暮らす故だろうか。周囲の世界が空漠とし、自分が水のように流れ出し、姿が希薄になってしまう。彼の眼差しだけが、この世に自分を繋ぎ止めているのだ。現実から滑り落ちそうな彼女を、彼の照準の合った確かな視線が、ピンで止めているのだった。画布の上に姿が固定されているように。

ジャックが言った。「マリ、その表情だよ。そんな風に頭の天辺から足の先まで、やわらかな幸せでいっぱいでいてほしい。すると君のオーラが僕に届いて、不思議な力が絵筆を支配するようになる…」互いの霊力の宇宙的な循環が起きていた。

やがて夏のバカンスが訪れた。まりえは音楽仲間のエレーヌと連れ立って、スイスにあるヒンデミット研修所に行くことになっていた。ジャックはミラノ工科大学の夏季セミナーに向かった。七月初め、まりえはエレーヌの運転する車でパリを出発した。国道を南下する。地平線に白い雲の湧き上がる田舎は、まさに本物の夏だった。葡萄酒や美食で有名なブルゴーニュ地方に入る。小さな旅籠屋の木製のテラスで昼食をとった。素朴な料理は滋養に富んでいて、とても美味しかった。カラフで取った地酒も、特産のチーズも身体に心地よく融けていく。

国道を東に折れて一時間余り、車は国境を越えてスイスに入った。のどかな田園風景は瞬く間に背後に遠ざかり、変わって山岳風景が窓外に展開し始めた。

ヒンデミット研修所はローザンヌ郊外の小さな町にあった。ドイツの音楽家パウル・ヒンデミット（１８９５～１９６３）が音楽学生のためにと寄贈した館で、夏の間、宿泊しながら練習したりレッスンを受けたりできる。なだらかに広がる牧草地に建つ、破風屋根の山小屋風別荘という風情だった。色々な国からの学生たちが十数名ほど集まっていた。まりえとエレーヌにはバスルーム付きの一部屋が用意されていた。白いレースのカーテンのついた窓を開けると、眼下にはレマン湖の青い水が広がっている。この地方の家々の窓はすべて花で飾られていて、なかでも白壁に映えるゼラニウムの赤が印象的である。

エレーヌは早速ヴァイオリン・ケースを開けて、愛用の名器の手入れに余念がない。ピアノはこの館に三台しかないから、まりえは順番を待たなければならない。階下からは弦楽器や管楽器の音色が種々に響いていた。学生たちは普段思い思いに練習し、週一回の割合でビオラならビオラの、フルートならフルートのマエストロがローザンヌやジュネーヴからやって来て、個別にレッスンしてくれる仕組みである。

寮母のイヴォンヌは四十歳前後の小柄で整った顔立ちの女性で、青い瞳にも血色の良い頬にも活気が満ち溢れていた。いかにも仕事が楽しそうである。カウベルのような鐘の音が響いた。若者たちが我先にと食堂に集まってきて、賑やかな夕食が始まる。

翌日から、午前中は練習に打ち込む毎日が始まった。山巓《さんてん》の澄み切った大気は、音をどこまでも透明に、また遥か遠くまで運ぶのだった。ほとんど全員が集う昼食のテーブルは圧巻だった。豊富な料理と若者たちの健康な食欲は勿論だが、芸術文化風俗その他あらゆることについての闊達な議論の応酬や洒落たユーモアで、頭も心も解放されてフル回転となる。まりえは、美味しい食べ物のみならず、楽しい会話というのも最上のごちそうなのだと納得した。

午後はよくエレーヌと遠出した。シヨン城を訪れた時は風が強く、湖の波しぶきが城壁に降りかかっていた。中世の不気味な物語の影が、暗い石造りの部屋や廊下の隅に立ちもとおっているかのようだった。思わずエレーヌと手を握り合った。

ジュネーブの国連欧州本部の広大な敷地をほっつき歩いて、各国の選良たちの様子を盗み見たり、ときには笑顔であいさつを交わしたりした。まりえたちを同じ国連職員と思ったのかも知れない。大きな花時計のあるレマン湖のほとりを、どこまでもどこまでも辿っていると、何もかも忘れた。それまで引きずっていた過去など雲散霧消していた。自分は世界の中の、現在という時の中の、ただの一点だった。

陽のある限り、足を棒にして歩き回り、夕刻、喉をカラカラにして宿舎に辿り着く。ベランダのテーブルの上に備え付けてある緑色のミント水や赤紫色のカシス水に二人は飛びついた。

週末は学生同士のコンサートが開かれた。一週にわか作りの三重奏や四重奏が組まれ、一週間の猛練習の後、コンサートで披露する。組み合わせの妙に皆で感心したり、「ミスマッチじゃないの」と心の中でつぶやいたりして、夏の夜は華やかに更けていくのだった。

まりえは彼らの清新で伸びやかな音色に胸を打たれた。若者たちの技量が円熟しているとは言えないのだが、そこには技術以上のものがあった。漲る生命の泉が澄み切った音の奔流となって溢れ出している。「真面目一方ではこうはならない」と、まりえは直感した。ひたすら生真面目に楽曲習得に励んでいた自分の練習態度が反省されるのだった。

夏もたけなわの八月のある土曜日、まりえとエレーヌは二重奏のマチネ・コンサートを催した。エレーヌの輝く金髪とまりえの波打つ漆黒の髪に皆は溜息を漏らした。青い瞳と黒い瞳がカチリと合って、曲が始まった。軽快に跳躍するピアノ、憂いを含んで優美に流れるヴァイオリン。絶妙な呼吸の合い方だった。無我夢中で弾き終ると、室内は大きな拍手で包まれた。皆の笑顔が二人の目に眩しかった。

部屋にヴァイオリンを置きに帰り、軽い散

歩服に着替えて戸外に出る。牧草地を横切り、登山電車用の素朴な線路を越えて、小高い丘に登って行く。牧場の柵に腰掛けて、スケッチをしている娘に出会った。青い縦縞のワンピースに麦わら帽子。そばかすの浮いた顔が可愛い。「ボンジュール」と声をかけると、笑顔で答えてくれた。「何を描いているの？」から始まって、ひとしきり話が弾んだ。夢見るような目をして娘は言った。「聖夜にはね、皆、手に手に松明を持って、この山頂からスキーで滑り降りて来るのよ」。夢幻劇のような雪原の光景が目に浮かぶ。

ルツェルンからやって来たマエストロに、まりえが個人レッスンを受けた日のことだった。物柔らかな言い方だったにせよ、色々難点を指摘され、まりえはかなり気分が落ち込んだ。うすうすながら、以前から感じていた西欧音楽と自分との間を隔てる、目に見えない厚い壁の存在に暗澹とした思いにとらわれるのだった。それは血の中にある長い歴史の差異なのだ。骨格や筋肉のつき方からして彼らとは身体構造が異なる。当然のことながら、それに伴って精神作用も異質だ。別々の土俵で闘っているようで、始めから勝負にもなりはしないのではないか。努力などで追いつく類《たぐい》のものではないのだ。こちらで頭角を現そうなど土台無理な話で、もういい加減見極めをつけて帰国しようか。子供たちにピアノを教えて、人生を過ごすことにしようか。

まりえは、館の庭先にあるデッキチェアに身をもたせかけて、眼下に広がる湖に現実感の失せた眼差しを注いでいた。自分が館にいる人々の輪から外れて、別次元に置き去りにされている気がした。

その時、背後から足音がした。振り返ると、しばらく見ないうちに陽に灼けて、一層精悍になったジャックだった。

「まあ、ジャック！」

「マリ、久しぶりだね。どうしても会いたくなって、ミラノ駅からローザンヌ行きの急行に飛び乗ったのさ」

「びっくりしたわ。でも会えて、とても嬉しい…」

ジャックの瞳の輝きに向き合うと、先刻までの鬱屈は嘘のように消えた。まりえはまた自分が存在し始めるのを感じる。生命の流れの輪が、二人の間を廻るのを覚えるのだった。

ジャックの滞在しているミラノ工科大学のキャンパスはイタリア・アルプスの南、コモ湖の南東端にある町である。二人は各々の湖畔での暮らしを語り合って快活に笑った。そうやってリラックスした後だったので、まりえは先ほど覚えた不安を客観的に彼に伝えることができた。

「マリ、自信をつけなくては。冬にD市で、若手を対象としたピアノコンクールがあるから、それに応募してみたら。有名な大コンクールではないけれど、目標があると生きやすいよ。先ず、自分を信じることからすべては始まるのだから」

そうだ、これで行方を占おう。成功したら滞在を続けるし、駄目だったら帰国する。それまでは、あちこち迷わずに一心不乱に練習すればいい。

いつしか辺りには夕闇が降りていた。湖の対岸の一箇所が、宝石のように輝き出した。

「あそこは観光地か何かかしら?」

「あれはフランスだよ。サヴォア地方さ」

まりえはあらためて目を凝らした。こんなにフランスに近いところに、自分はいたのだ。

秋になってパリの学生生活が再開した。まりえはコンクールの課題曲〈フォーレ〉と自由曲〈リスト〉の練習に没頭した。長時間の練習の結果、筋肉痛になることもしばしばだった。ジャックの方もビルの設計や都市工学用のシステム制作に忙殺され、コンピューターを駆使する毎日を過ごしていた。

二人にとって唯一の息抜きは、土曜日、公園で過ごす画家とモデルを演じる時間だった。樹々の葉はいつしか色づき、周囲は金色に燃え立っている。水のように澄んだ空気の中に柔らかい色調で浮かび上がる人物像。それを彼は『わが憩い』と題して、丁寧に描き進めていた。まりえはジャックの深い眼差しと引き締まった表情を、美しいと思った。

やがて木の葉も落ち尽くし、北風が吹きすさぶようになった。緯度の高いこの地では、もう三時過ぎで暗くなる。二人とも指先が冷たく、かじかんでしまう。

「マリ、もう戸外での制作は無理だよね。場所を僕の部屋に移していいかい？」

ジャックの部屋はベルヴィルの小高い丘の上にあった。かなり広い屋根裏部屋で、垂木に支えられた天井は斜めにかしいでいる。窓を開けると、眼下に広がる家々の屋根が遠くまで見渡せた。レンガ色の煙突やスレートの壁が、何とも趣がある。「巴里の屋根の下」、人々の慎ましい日々の暮らしがしのばれるのだった。

大きな設計台の上には、器戒類や筆記用具

が所狭しと置いてある。ジャックはまず、暖炉に火をおこした。屋根の上に煙突があるわけだ。

淡い午後の光の中で絵筆は進められ、満足がいくと彼は緊張を解いて目を細め、まりえを傍らに呼んだ。二人並んで静かに絵を眺める。『わが憩い』は二人の心を優しくし、結びつけた。彼女は彼といると不安を忘れていられた。黒い人影のような不安がまりえに取り憑いていた。ピアノの練習に打ち込んでいる時だけ、その黒い人影は彼女から離れた。だが、街路を歩いている時など、それは冷たい石畳を通して足元から這い上がり、背中に張り付いてぞっとする冷気を全身に送り込む。

暖炉の火を見詰めながら、ジャックは言った。

「僕だって、フランス人じゃないよ。ブルトン人なのさ」

「えっ、どういうこと、フランス人じゃないって…。パスポートを見せてよ。国籍はフランスってなっているはずよ」

彼は沈鬱な面持ちで小学校の思い出話をした。

「僕がブルトン語を話すと、先生が怒って僕の手に針を刺したんだ」。つまり、ジャックはフランスの西の突端にあるブルターニュ地方の出身なのであった。

ブルターニュは本来、ヨーロッパの先住民族ケルト族の土地で、今でもブルトン語（ケルト語）が話されている。ブルターニュ出身ということで、かって中央では差別を受けた。それ故、民衆のフランスに対する敵対意識は強い。

「自国の中にあって、僕は異邦人ってわけさ」まりえは複雑な気持ちになった。「私は全くの異邦人で根無し草ってわけだけれど、あなたとも少し共通点があるのね…」

時分時になると、ジャックは下の階に住む友人のマーレクを呼び、まりえはエレーヌを呼んで四人で夕食のテーブルを囲んだ。医学生のマーレクはポーランド人で、両親の代にパリに移り住み、国籍はフランスである。彼は、肉や野菜を煮込んだ濃厚なシチューを鍋ごと持って来てくれた。おのおのにワインやパン、チーズ、サラダを持ち寄って、食卓はなかなか豪華になった。

そろそろ北の地方では雪の便りも聞かれる寒い夜に、若者たちが集って、豊かな食事を楽しみながら、希望（そして、いくばくかの不安も）に満ちた将来を語って打ち興じる。その活気に溢れる情景は、外の闇から切り離された、明るく熱い一つの小宇宙だった。

マーレクは、現代医学界に時折感じる疑問について語った。医学の進歩という美名に隠れて、患者の人権がないがしろにされているのではないか。末期がん患者や終末期患者に無益で苦痛を増すばかりの過剰な医療行為が行われているのではないか。エレーヌはがん病棟に出向いて演奏した時の経験を語った。

「音楽は痛みをやわらげると思うわ。身体の痛みも心の痛みも」。「もう手のほどこしようがなくなった時、魂の癒しが最も大事だと思うんだ」とマーレク。エレーヌは愛器を取り出して、チャイコフスキーの「冬の日の幻想」を弾いた。清浄な雪がキラキラと降り注いでいるような音色だった。澄んだ歓びが一同を包んだ。帰路は満天の星であった。

年が明けて、いよいよD市のコンクールが間近に迫って来た。まりえは火の出るような練習を長時間続けた。また、そうした日課をこなさないと不安であった。腕の筋肉痛がなかなか取れず、遂には鎮痛剤を服用しながらの練習であった。

コンクールの日程は、二月十五日予選・十六日発表・十七日本選であった。まりえは前日D市入りし、十五日の予選を迎えた。

水色のドレス姿でステージに進む。湧き立つような興奮と、ある種の自信を覚えながら。十分な練習量の結果、完璧に近い仕上がりで、情感も自由に表現できる域に達したと思う。

課題曲のフォーレは指先から軽快に流れ出し、華麗に跳躍し、次いで息をひそめるように繊細・優美に音が紡がれていく…。夢中で弾き終わる。盛大な拍手を受けて起立し、一礼する。審査員席を見やると、皆の顔が明るかった。

手ごたえを感じながら、まりえは祈りをこめて、自由曲のリストに立ち向かった。名にし負う超絶技巧を果敢に弾き進める。リストが乗り移ったかのように、彼女の指先から身体から情熱が炎のようにほとばしる。会場は水を打ったようであった。

が、三分の二まで来たところでまりえは右腕に激痛を覚えた。冷汗が浮かぶ。頭が真っ白になる中、あらんかぎりの精神力を傾けて最後まで闘い抜いた。音は弱ることなく、会衆には気取られなかったようだ。

まりえは強ばったほほ笑みを、やっとのことで浮かべ、舞台袖まで何とか歩いた。そして気が遠くなった。係の人に付き添われてホテルの部屋に帰り、ベッドに倒れ込んだ。

「いつもの筋肉痛だ。温めてマッサージすれば治る」。そう自分に言い聞かせるものの、頭がぐるぐる回り、恐怖が込み上げてくる。

「ともかく眠らなくては」

まりえは鎮痛剤を二倍量飲んだ。

翌朝、ドアを激しくノックする音で目が覚めた。ジャックだった。

「昨晩、夢に君が出てきた。泣き崩れていた。心配で飛んで来たんだ。昨日予選が終わったはずなのに、電話も来ないし…」

「腕が…腕が…」と言いながら、まりえは彼に取りすがった。涙がとめどなく溢れた。今日になってみると、右腕は全く動かなくなっていた。肩から木片のように垂れ下がっている。自分のものではなくなったような片腕に、焼けつくような恐怖を覚える。ジャックは何とかまりえを落ち着かせようと必死だった。バスルームの熱湯で蒸しタオルを作る。腕はもとより、肩から背中にかけてマッサージをする。狂わんばかりの焦燥感が徐々に遠のいていく。

発表を見に行ったジャックから予選通過を知らされたが、本選当日の朝も腕は動かなかった。棄権して、パリに戻る列車の中で、まりえは身体の芯まで冷え切ってガタガタと震えが止まらなかった。ジャックは自分のコートでまりえをくるみ、しっかりと抱きかかえていた。

マーレクが研修医として勤務するC病院で、まりえは精密検査を受けた。右腕の上腕筋が断裂していて、腱も損傷しているとのことだった。手術しか方法はないと言われた。まりえの感情は、リスクのある手術に対して拒絶反応を示した。

医学界の大勢に疑問を感じているマーレクは「ほかにだって方法はあるはずだ」と、八方手を尽くして調べ始めた。そして行き着いたのが東洋医学である。その療法なら日本の方が本場である。まりえは帰国する決心をした。

まりえにとっては「無念」で済む問題ではなかった。これまでの人生、音楽一筋で研鑽を積んできた。それがピアニストとしての将来を絶たれたのだ。ほかに何ができるというのか。命を注ぎ尽くした努力が、すべて水泡に帰した今、「私の人生は一体何だったのか」と、絶望のうちに自問するばかりだった。

パリを離れるとなると、懐かしいことばかりだった。コンセルヴァトワール、セーヌ、ノートルダム、カルチェラタン、ジャックと出会った公園、彼と過ごした宝石のような時間、エレーヌ、マーレク…。何を思っても涙が溢れた。身体の状態によっては、もう二度と戻って来られないかもしれない。

ジャックが荷造りや片付けを手伝いに来た。まりえは腕が利かないので、ほとんどの仕事は彼がやった。つい涙ぐんでしまう彼女を励まそうと、彼はテノールの力強い声で「禁じられた歌」を歌った。

〽君の黒髪と唇とおごそかな瞳に口づけしたい。私の天使よ。君と一緒に死にたい。僕の宝よ

そしてまりえを抱きしめて、艶やかな黒髪に口づけし、そして唇に瞳に口づけした。

「言っただろう、自分を信じるんだって。決して変な気を起こしたり、自暴自棄になっ

たりしないって、僕に誓っておくれ。きっと治ると信じるんだ。それに治ろうと治るまいと、ピアニストだろうと、そうでなかろうと、僕はマリ、君そのものを愛しているのだから、君を待っているよ。『わが憩い』と一緒に」

二人で過ごした『わが憩い』制作の時間…、それは胸苦しいまでの濃密で甘美な時間であった。


傷心の帰国は、家族〈両親と甥の道夫〉以外には誰にも知られたくなかった。プロやセミプロを目指すクラシック音楽の世界は、互いにライバル意識が強い。挫折者は蔑みや憐憫の対象なのだ。治療院に通う以外は家に引き籠もる毎日が続いていく。目に見えてよくなるというわけでもなく、砂のように落ちていく時間の空しさに耐えきれなくなる。聞かないつもりでも、かってのライバルや後輩が、世界的なコンクールで上位入賞したというニュースが入ってきて、耳をふさぎたくなる。羽をむしられた蝶のような、自分の無残な有様になすすべもなく、心は深い淵の底であえぐばかりだった。三十歳に手の届く今、デビューの道は閉ざされたのだった。


身体の輪郭そのものが薄くなったような、寂寥感の漂う伯母の姿に、道夫は胸が締め付けられた。居間に隣接したサンルームの籐椅子に腰かけて、早春の庭面を空《うつ》けたような表情で見やっているまりえの許に行って、道夫は何気なさを装って言った。

「まりえおばちゃま、前みたいに僕のピアノを見てくれない？」

彼はもう中学生で、すらりと背も伸びて、少年から青年に向かおうとしていた。眉が濃く凛々しくなったとはいえ、バラ色の頬はまだあどけなさを残している。可愛さが先だって、まりえは久しぶりに笑顔になった。

「そうね、みーちゃんの演奏を聴いて指導してあげることなら、今の私でも出来るものね」

道夫は、まりえ不在の間も練習は欠かさなかったらしく、三年余りで驚くほど上達していた。しばらくぶりで音楽に集中したまりえは、自分の頭の上を覆っていた黒雲が少し晴れるのを感じた。幼い頃の素直で明るい音色に比べて、今、道夫の弾く音色には深みと憂いが加わっている。まりえははっとした。「自分の悲しみや葛藤で周囲が見えなくなっていた。道夫は幼くして両親を失い、その淋しさに耐えてきたのだ。その上、思春期に差し掛かって、言うに言われぬ悩みや不安を抱えているに違いない。そんな子が私を気遣い、慰めようとピアノに誘ってくれるのだ。本来なら、私がこの子を励まし、庇うべきなのに…。生命の火の消えかけたような私を励まそうと、年若い甥が、こうして心の最も深いところで接触を持とうとしてくれる」

まりえは、いとおしさに道夫を抱きしめてやりたかった。だが、もう幼い子供ではない。思えば両親だって、丹精込めて育て上げた長女を十年前の事故で失い、今度は将来を嘱望して、どんな犠牲も厭わず、渾身の期待を込めて渡欧させた次女の私が、挫折し、致命傷を負って戻って来たのだ。それなのに失望や落胆の色を決して見せないようにしている。この優しさ、心遣いは親ならでこそ…。なんて私は自分しか見えていなかったのか。

「私の好きなのは音楽そのものだもの。みーちゃんが弾こうが、私が弾こうが、美しい音の世界に浸れればよい。それこそが私の幸せだったのではないか。競争のために音楽をやるんじゃない。コンクールやライバルなど、ひとまず意識の外に追い出すことだ。両親だってもう老齢に差し掛かっている」

道夫が下校して、午後遅くレッスンは始まるのだったが、いつしか時は春たけなわだった。庭に向かって開け放したフランス窓から馥郁と花の香りが漂ってきて、なかなか暮れない春の夕べ、緑の庭木の間に淡い紫色の靄が立ちもとおっていた。

ある日、道夫が一冊の楽譜をまりえに持って来た。「左手のためのピアノ曲集」だった。「ありがとうね」と言って受け取ったけれど、心の中で抵抗を覚えた。「まだ、この本のお世話にはなりたくない」。楽譜は一週間まりえの本棚に放置された。

朝から庭にちいさなつむじ風が舞っていた。午後になると、風雨が吹きすさんで木々をもみひしぎ、ガラス窓に雨滴と落花とを叩きつけるまでになった。家は皆出かけていて、がらんとしている。まりえはやり場のない怒りの発作に襲われた。このまま手を縛られて、青春を無駄にすり減らし、人生を空費してしまうのだろうか。怒りは、そんな不甲斐ない自分に向けられたものだった。

昨夜パリのジャックからかかってきた電話に、力ない声でしか対応できなかったという後悔もあった。彼とは週一回話していた。何も進まず、ただ時間だけが過ぎていく…。愛する人に会うこともかなわない。淋しくて空しくて、一人では耐え切れない。傍らにジャックが居てくれたら…。まりえは左手で壁を打ち叩き、本棚から次々に本を抜き出して力まかせに床に打ちつけた。

新しい楽譜のページが開いて五線譜が床の上でひしゃげている。まりえはそれをひっつかむとピアノの部屋に駆けて行った。何でもいい、ただ鍵盤に当たり散らしたかった。

大好きなモーツァルトを弾こうとして左手だけでキーを叩くものの、全く曲にはならない。まりえはわっと泣き伏した。

「もう私は何の役にも立たない人になってしまった。もう生きてなんかいたくない」

泣くだけ泣いてしまうと、少し落ち着いた。持ってきた楽譜が「左手のためのピアノ曲集」であるのに気づき、大きく息を吸ってから、音譜を追って鍵盤を押さえてみる。始めは機械的に音を鳴らしているだけだったが、しばらくするとそれが豊かな曲想を成しているのに気づいた。美しい音の世界に心が飛翔する。弾き終わった時の充足感は、砂漠を何日も歩いて、やっと井戸に辿り着き、渇ききった喉を清冽な水が潤していく感じだった。曲は完璧だった。芸術を成していた。片手だろうと両手だろうと、そんなことは問題ではなかった。存在の奥底から法悦が湧き上がってきた。

「私は生きられる、私は生きられる…」言葉が、込み上げてきた。

下校してきた道夫は、まりえがピアノに向かっており、別人のように生気に溢れているのに驚いた。「みーちゃん、本当にありがとうね。おばちゃま、みーちゃんに命を救われたわ」

それから毎日、まりえは心行くまで片手でピアノを弾いた。一か月もすると、不思議なことに右腕に改善の兆しが表れた。指は動かないものの、肩から手首までの感覚は戻ってきた。身体というものは、全部が繋がっているわけで、片手を動かせば神経の伝達や血液の循環が全身に伝わり、特に別の片手に伝わる。このため治癒が始まったものとみえる。根気よく続けていたはり治療の効果も出てきたのだろう。希望の灯がともった。

ジャックに電話すると、心からほっとしたように喜んでくれた。彼はあるプロジェクトに携わっており、仕事はハードで気が抜けないようだった。「焦らないで、しっかり治しなよ。くれぐれも無理しないで。君を待っているからね」と言った。

見るものすべてが鮮やかな色彩を取り戻した。絶望していた間、風景は灰色で人は遠かった。遠のいていた人々も事物も、また近いものに感じられた。

ある日曜日の朝、まりえは道夫を伴って、歩いて十五分ほどの古刹をおとなった。深い竹林の中の小暗い道を歩み、物さびた山門をくぐる。境内には菖蒲が群生していて、丁度、紫や白の花が咲き乱れていた。広い池は、周囲の樹々を映して、緑色に静まっていた。杜鵑《ほととぎす》の声が、辺りの晴朗さをより際立たせている。

「日本って、なんてほっとするのかしら」と、まりえは言った。「もう三年もみーちゃんのこと見てあげられなくて、ごめんね。ピアノもだけれど、勉強の方も…。みーちゃんは何が得意なの。将来何になりたいの」

「ぼく、おばちゃまみたいに外国へ行って勉強したい。それで今、外国語を二つやっているの。数学も好きだから、科学者にもなりたい。ともかく、何か発見したり発明したりする人になりたいんだ」。道夫は中高一貫の男子校に通っていた。

「いいわね、大きな夢があって。何をするにも身体が資本だから。今からよく鍛えておくのよ。それに強い意志。【意思あるところに道は通じる】って言うでしょ。それに努力と忍耐…。あら、ごめんなさい。お説教じみちゃったわね」

「ううん、おばちゃまが元気になってくれて本当によかったよ」

「ええ、いくら時間がかかっても、夢はかなえたいと思うわ。どんな形になるかわからないけれど。そのあいだずっとみーちゃんを見守っているからね」

道夫は鐘楼に登って、力一杯、鐘を撞いた。二人で語り合いながら、家路を辿る。冠木《かぶき》門《もん》のところに、父が和服姿で佇んでいた。彼は毎朝、庭先に立って静かに空を見上げ、一日の気象や吉凶を占うのが常だった。今日は二人の様子が気になったものと見える。父は穏やかな深い声で言った。

「これから茶をたてるので来なさい」

三人は庭を回って、離れの茶室に向かった。蹲踞《つくばい》で手を洗ってから座敷に上がる。白障子を透かしてやわらかい日射しが青畳の上に降り注いでいる。床の間の掛け軸は山水の水墨画で、茶花が活けてあった。檜木の香りに包まれて静寂の時が流れる。流麗な父の所作は、無心の名人技であった。まりえは右手首で大井戸茶碗を下支えして、左手だけでお点前を頂戴した。大井戸茶碗は先祖伝来の家宝で、めったな客人には供さないものであった。父のまりえに対するいたわりと、回復の兆しへの喜びがせつせつと伝わってきた。

時間の流れが違う。緩やかで、濃密で…。父の情愛はもちろんのこと、自国の精神性の深さに、まりえは身も心も潤されるのであった。「本当の私って、こうだったのではないだろうか」

数か月前までの競争の世界、不断の緊張と不安に晒されていた荒々しい時間が遠く思い出される。できれば、もう戻りたくない。こうした閑雅な暮らしの中で、両親に慈しみを受け、かわいい道夫に思い切り愛情を注いで人生を生きるのが、どうして悪かろう。

梅雨寒の日が続いた。庭の隅には大輪の紫陽花《あじさい》が群生していて、こんもりと小さな森のようになっている。無数の青い花弁にひっきりなしに雨滴が降り注ぐ。そういえば、ジャックとは二週間も話していない。忙しいのだろうし、それに、こんなに何か月も離れていれば新しい恋人ができたかもしれない。私の方には彼を繋ぎ止めておく権利も何もありはしない。まりえは愛の終わりを予感して、血の気が引くような淋しさを覚えた。ひとりでに涙が流れていた。静かに降る雨のように、悲しみが心の中に降り続けた。

その夜はいつまでも寝付けなかった。明け方の夢にジャックが現れた。苦しげな顔でまりえを呼んでいた。「マリ、マリ、僕のマリ…」声はかすれて、やっと振り絞っているようだった。まりえはガバっとはね起きると電話のところへ走って行った。左手のせいもあって、番号を押すにも指が震えて難儀した。空しくベルが鳴るだけで、ジャックは留守らしかった。時差の関係で、昼日中はパリに電話をかけられない。まりえは夜を待った。

　こちらがかけるより先に、エレーヌから電話が入った。

「もしもし、マリ、驚かないで。ジャックが倒れたの。昨日救急車で運ばれて…。マーレクの病院よ。急性白血病ですって。うわごとに、マリ、マリってあなたのことを呼んで…」まりえは頭がガンガンした。

「マリ、あなたの具合はどうなの？　ジャックはいつもそれを心配しているわ。マリがあなったのは、幾分僕の責任もあるって…」

　まりえはやっとのことで、考えを集中させた。

「こちらの都合をつけて、できるだけ早くそちらに行くわ」

　ジャックはこの数か月、プロジェクトのため昼夜を問わず緊張を強いられ、心身を擦り減らしていた。十日ほど前から体調を崩し、寝込んでいたところ昨日になって容態が悪化し、救急車でC病院に運ばれた。ブルターニュの両親はすでに他界していて、親身に見守るのはエレーヌとマーレクだという。

　母はまりえの回復しきっていない心や身体を気遣ったものの、「まあ、まりえがパリで一番お世話になった方なのでしょう。その方の大変な時こそ、何をおいてもそばに居て差し上げなくては…」と、彼女の渡航を許してくれた。

　まりえにとってジャックは、単にお世話になった人という域を遥かに超えていた。寄る辺なく、足元もおぼつかない異国暮らしの中で、真心込めて支えてくれた肉親以上の人なのだ、と彼女はあらためて気付くのであった。

　パリに到着すると、取るものも取りあえず

タクシーでC病院に向かった。ジャックは集中治療室に収容されていて、すぐには面会もかなわない。ややあって、白衣姿のマーレクがやって来て詳しい病状をまりえに説明した。「峠は越えたと思うから、二、三日中に一般病棟に移れる」と言う。次いでエレーヌも到着し、三人で心配気にひそひそ話し合った。消毒薬の臭いが漂う病院の廊下は暗く寒々しく、心の底まで冷え込んでくる。

五分という約束で、許可されて集中治療室に入ると、ジャックは人口呼吸器をはじめ、数々の管に繋がれて、昏睡状態のままだった。美しい瞳は閉じられていて、顔は痛々しいほど蒼白だった。まりえはジャックの名を呼び続けながら、白い滑らかな手をなでさすった。二十九才の青年の皮膚は張り切ってみずみずしく、生命の危機に瀕しているとは信じられなかった。

面会の許可される時間は限られていたが、まりえとエレーヌは毎日病院に通った。エレーヌは以前からここでボランティアをしているので、勝手がわかっていた。患者のための音楽療法として、ホールでしばしばヴァイオリン演奏をするのである。その音楽会で、エレーヌはグノーの「アヴェ・マリア」を弾いた。

「神の御母マリアよ、われらのために、今も臨終の時も祈りたまえ」

聴衆の魂に響く旋律だった。集っているのはがん病棟の患者たちで、車椅子で運ばれて来ている人もいる。遅かれ早かれ、臨終の時はすべての人に来るのだ。普段は忘れているが、致命的な病に倒れた場合は、向き合わざるを得ない。

ヴァイオリンの音は、死を超えて彼方に広がる光に満ちた世界を感じさせる。音に身を委ねている間だけは、つらい痛みを忘れて魂が解き放たれる思いがする。涙で頬を濡らしている患者たちもいた。

曲が終わっても、まりえは感動の余り、椅子から立ち上がれなかった。彼女自身も、先程までの地を這うような苦しみを忘れて心が天空に飛翔していた。音楽にはこんな力があるのだ。自分も病める人たちのために、何かできることはないだろうか…。

まりえはマーレクに許可を求めて、ホールにあるグランドピアノを、空いている時間、使用させてもらうことにした。そうして、彼女は面会を待つ時間を、できる限り左手のためのピアノ練習にあてた。音楽に没頭していると、ジャックが死んでしまうのではないかという鋭い不安や悲しみが浄化されて、静謐な祈りになっていく。

ジャックは三日目に集中治療室を出て、個室に移った。意識が戻った時、傍らにいたのはまりえだけだった。

ジャックは目を開けたけれど、霧がかかったようにぼんやりしていて、自分をのぞき込んでいる女性を不思議そうに見上げていた。その人は「ジャック、よかった」と、涙を流しながらほほ笑んでいる。次の瞬間、焦点が合って、それがまりえだとわかった。ブルーグリーンの瞳に光が戻り、顔が輝いた。

「マリ、どうしてここに…」

「私はここにいるわ。いつもあなたのそばにいるわ」

ジャックの目にも涙が溢れた。まりえは彼の頬に自分の顔を寄せた。二人の涙は、温かく交じり合って流れた。今までの不安も後悔も、一切を洗い流す涙だった。

意識が戻るとともに感覚も戻ってきた。それは激しい痛みだった。まりえが手足をさすった。エレーヌが病室にヴァイオリンを持ち込んで弾いた。だが夜はどうにもならない。医者はモルヒネを使うことを決断した。痛みは遠のくものの、頭はぼんやりしてしまう。ジャックは夢見ているような話しぶりになった。窓から見渡せる病院の庭は公園のように広かった。丈高い樹々を渡って緑の風が流れ入ってくる。

「マリ、公園に絵を描きに行こうよ。緑の中で君を描いている時が、僕の生涯で一番幸せな時だった」

「ジャック、治るのよ、治るのよ、そして二人でもっと幸せな時を作りましょう」

まりえはマーレクに許可を取り、ジャックを車椅子で庭園に連れ出すことにした。もうバカンスの季節で、フランスでは医師でも看護師でも当然の権利として一か月ほどの休暇に出てしまう。人手が足りない中、まりえとエレーヌは、ボランティアで看護師役も引き受けていた。

まりえは右手が利かないので、車椅子を押すのはエレーヌに任せた。花壇の花々が咲き競っている。大きな枝を張った楡の木陰で三人は休んだ。まりえはシャンティイの花咲く夏野を思い出した。ジャックは木の幹に触らせて欲しいと言う。彼は両腕と頭を太い幹に預け、しばらく目を閉じていた。「木の精と交流しているのね」とエレーヌがささやいた。見ている間に、ジャックの輪郭が透明になって、幹の中に吸い込まれたような錯覚に陥った。まりえは「ジャック」と叫んで走り寄り、木の幹を抱いた。腕の中にジャックの身体があった。

日毎にモルヒネの量は増えて、昏睡状態の時間が長くなった。医師は「もう、あとわずかです」と告げた。覚醒時には、まりえとエレーヌは必死になって、ジャックの言葉を聴き取ろうとした。

「マリ、マリの弾くピアノが、僕は世界で一番好きだった。ごめんね、弾けないようにしてしまって…」

「あなたのせいなんかでは全然ないわ。それにジャック、私は左手で弾けるようになっているのよ。かなり上達したわ」

「マリのピアノが聴きたい…」

そう言って、ジャックはまた昏睡状態に陥った。マーレクと三人で額を集めて相談した。次の覚醒時に、ジャックをストレッチャーに乗せて、ピアノのあるホールに連れて行こう。時間などかまっていられない。たとえ夜中でも、まりえに演奏してもらおう、ということになった。

病室の窓から月の光が静かな川の流れのように入ってきて、ジャックの蒼白な顔を明るませていた。ふっと、青い花が開くようにジャックは目を開けた。それはドキリとするほど美しかった。じっと見守っていた三人は、すぐ予定の行動に移った。

まりえは夜の廊下を音を立てないように走り、別棟になっているホールに入り、ピアノに向かった。廊下を進むストレッチャーの上でジャックは「マリのピアノが聞こえる。夢かしら」と言った。「夢じゃないわよ。本当にマリが弾いているのよ。あなたのために弾いているのよ」。エレーヌが静かに耳元でささやいた。

ホールに入って、まりえの姿をみとめると、ジャックの顔には静かな至福の表情が現れた。

「マリが弾いている…。すべてはよかったのだね…」

深い祈りを込めて、まりえは弾き続けた。月の光がホール全体に満ち溢れていて、物影を、絵本の中のシルエットのように見せていた。曲が終った時、ジャックの表情は浄福に包まれていたが、先程から脈が止まっているのにマーレクは気付いていた。

エレーヌは、たずさえてきたヴァイオリンを取り出すと、静かに「アヴェ・マリア」を弾き始めた。

「神の御母マリアよ、われらのために、今も臨終の時も祈りたまえ」

人間の耳は最期まで聞こえているという。亡き人の霊は、しばらくは、この三人の許にとどまって、共にこの調べを聴いているに違いない。

埋葬は済んだ。だが、まりえには彼が死んだという現実感がなかった。公園を歩いていても、「マリ、こっちを向いて。笑って」という、ジャックの声が聞こえたような気がしてハッと振り向いてしまう。友人や同僚たちが協力して、ジャックの追悼展覧会を催すことに決まった。絵を整理するために、彼の住んでいたベルヴィルの坂を上っていると、上からジャックが下りてくるように思える。

カルチェラタンの貸画廊には、二十点の絵画が展示された。ブルターニュの海辺、素朴な村の教会、パリの街並み、セーヌ川と橋、ステンドグラス、公園と石像。見る人に懐かしさを覚えさせると同時に、人生への憧れを呼び起こす、不思議な魅力をたたえていた。それにつけても、夭折した才能が惜しまれるのであった。

中でも、訪れる人が必ず立ち止まって讃嘆するのは『わが憩い』だった。郷愁と憧憬、若い日の清らかな幸せが画面一杯に横溢している。「これはマリのものね」とエレーヌもマーレクも当然のことのように言った。

「ジャックのたった一つの形見、何よりも貴い形見」と、まりえは心の中で何度も繰り返した。「この絵に恥じないように生きていこう」

以後、まりえは人生に踏み迷った時は何時も、姿勢を正して、この絵に向き合った。すると、周囲の錯綜した現実が、遠ざかり薄れていく。この世に信じられるものなどあるわけがない、と気持ちがすさむ時、『わが憩い』は精神の救済であった。ジャックとの日々、あれは確かに存在したのだ。

コンセルヴァトワールには、先般、帰国する際に休学届を出し、今回、正式に退学届を出していた。ジャックが亡くなり、個展も済ませた今、パリに留まる理由は何もなくなっていたが、まりえは、何か忘れ物をしたかのように心の整理が付かなくて、帰国を先延ばししていた。

パリの南端にあるジャンティイという、ほとんど郊外に近いところにアパルトマンを借りた。今までより広かったので、中古で買ったピアノを入れた。緑色の鎧戸を開けると窓の外は人気のない並木道で、聴こえるのは風の音と小鳥の声だけである。樹々の梢は黄金色に燃え、何時の間にか季節は移っていた。夕食の支度にと、街の広場に出る。噴水の周りには、鳩が群れていた。本屋で時間を過ごしている間に、もう夕闇は降りていて、目指す食料品店は内側からオレンジ色に照らされていた。人の良さそうな中年の店主が陰影の深まった顔でまりえに応対してくれる。ゴッホの絵の中に入り込んだ気がする。

その後も、週二、三回ほど病院でのボランティアを続けていた。マーレクとエレーヌはこのごろ、カップルになっている。二人にとっての人生のテーマは、「人を癒すこと」であった。看護師の手伝いといっても専門的なことはできないので、患者の話し相手になったり、痛みをやわらげるためにマッサージするとか、食事の介助、車椅子を押すといった補助的な仕事だった。

ホールで催されるコンサートには欠かさず出席した。エレーヌのヴァイオリンをはじめ、魂から魂に伝わる、深く澄み切った音楽には、いつも震えるほど感動した。最初は、病み衰えた患者たちの姿に胸を突かれたが、次第にそれにも慣れて、同じ人生の旅人としていとおしさを覚えるようになった。彼らの苦痛にゆがんだ表情が、美しく優しい調べに解きほぐされ、明るく輝き出すのを見守るのは何ものにも代え難い喜びだった。自分も役に立ちたい、とまりえは思い、自宅で左手のピアノ練習に励むのだった。今では右手の感覚はだいぶ回復し、力は入らないものの、指が動くようになった。時には病院のホールで左手だけの演奏を行い、聴衆は障害を乗り越えたその勇気にも感動するのだった。

精神病棟が人手不足をかこっていた。マーレクはエレーヌとまりえに手助けを頼んだ。二人は少々緊張しながら広大な病院の敷地を横切って、林の中にある女子病棟に向かった。建物は一般病棟とさして変わりはなかったが、近づいて見ると窓には鉄格子がはまり、金網が張ってある。背筋が寒くなった。

エレーヌとまりえは、ボランティアバッチは付けていたものの白衣姿ではなかったので、患者たちは二人を新しい仲間だと勘違いした。患者たちと仲良くなるにはよい設定のように思われた。

まりえは一人の若い女性と腕を組んで歩いていた。中庭や廊下を何往復も歩くのが、彼女たちの唯一の娯楽だった。

「私の名はジュヌヴィエーヴ。あなたは?」

「私はマリ」

ジュヌヴィエーヴは、ほっそりした、とても美しい顔立ちをしていた。

「あなた、とてもきれいね」と言うと、「きれいだって言われたくない」とそっぽを向いた。この中で、きれいであっても何の役にも立たず、何の意味もないのかも知れなかった。

彼女が「うちに電話をかけたい」と言うので、ナースステーションで電話を借りた。

「あなたが、まず出てね」と言われた。「もしもし」と言う中年女性の声がしたので、「ジュヌヴィエーヴに頼まれてかけたのです。今、彼女にかわります」と受話器を渡す。

「あのね、私よ。今の人は私の大親友なの…」と言う間もなく、向こうから電話を切られた。

〈ああ、彼女は家族からも拒絶されているのだ…〉。まりえは暗澹となった。〈一緒に歩いただけで、大親友と思ってくれるなんて…。

彼女の孤独の深さは、私の比ではないのだ〉

四人部屋の一人の老女は、一枚の紙を四つ折りにしては、次々に重ねていく動作を際限なく続けていた。「私は嵌められて、ここに入れられたのだ」。生気の失せた灰色の唇から吐き出す言葉は、呪いのように聞こえた。

クロディーヌは、まだ幼さの残る丸顔の娘で、何故かまりえになついて離れなかった。父親は金持ちだという。差し入れが豊富だと見え、取っかえ引っかえドレスを変え、廊下を練り歩いている。部屋の隅に大事に隠してあるチョコレートの箱を開けて、まりえに「おごってあげるね」と秘密めかして一粒渡す。

「私ね、童話作家としてデビューするの」と将来の夢を語った。母が亡くなり、父が後妻を娶ったので、ここに厄介払いされたのだ。回診に来る若い精神科医に恋い焦がれていた。「先生はどうして、そんなに素敵なの」と言って白衣の胸にもたれかかる。つまりは恋愛妄想なのだが…。

入浴介助をしようとバスルームの入り口に行くと、床に手や足が転がっている。身の毛がよだって思わず叫び声を上げげそうになった。鉄道自殺を図った患者の義手と義足だった。

「ここに何年居るの」と聞くと、気の遠くなるような年数が告げられた。十年、二十年、三十年…。長期間、閉じ込められた人は、顔が損なわれ、崩れていた。病気によるせいもあろうが、強い薬剤の長年にわたる蓄積のせいで、脳が崩れているのであった。

学歴の高い患者もいた。群れから離れて、一人、難しい本を読んでいた。しかし、それらの知識の蓄積が、今後役に立つ場面は決して来ないのである。力の失せた瞳は、底なしの孤独を映していた。

「空しさ」と「徒労」の黒雲が、すべてを覆っていた。世の中で皆が追い求めている、恋も美貌も、富も学歴も、ひっきょう人生の一切合切が意味を持たなくなる地平が、この場所なのだ。社会から拒まれ、家族から捨てられた人々。尊厳も人生も奪われた人々。「この人たちの罪ではない、こんなことがあってはならない」とまりえの良心は叫ぶものの、彼女には何の手だても無いのだった。

無力感がまりえをとらえた。彼女が再び心の病に陥りそうなのを見て取って、マーレクは方向を転換した。

「マリ、外来の患者で元音楽家の老婦人がいるのだけれど、脳梗塞を起こして半身麻痺になり、そのために抑鬱状態が続いている。ボランティアで彼女の家に行ってくれないか。話し相手になったり、外出介助をするのはどうだろう。音楽家同士で話が合うと思うし、君にも障害があると知ったら、彼女は心を開いてくれるかも知れない」

晩秋のある午後、まりえはサン・ルイ島にあるジャンヌ・ヴァレリーのアパルトマンを訪ねた。アメジスト色の大気の中に、セーヌの川波がきらめいていた。三、四百年も経た、貴族の邸宅が並んでいる界隈である。入り口の分厚い門扉を通って暗い螺旋階段を上る。呼鈴を鳴らすと、灰色の服に白いエプロンをつけた年配の女性がドアを開けた。長年ヴァレリー夫人に仕えているセシルであった。

天井の高い、広大なサロンに通された。夫人は車椅子を片手で操作しながら、まりえに近づき、手を差し伸べた。まりえは初対面のあいさつをしながら、夫人の冷たい手を握った。静脈の浮き出た薄い手で、カサカサと枯葉のように毀れそうだった。

夫人の半身は麻痺していたものの、知能や言語に障害はなかった。しかしピアニストとして若い頃から成功を収め、第一線で活躍していた面影はもうどこにもなかった。五十代半ばで倒れてからというもの、彼女の生活は激変した。音楽界という名の世間は彼女を見捨て、親しかった友人たちも一人去り、二人去りして、気付いてみるともうほとんど残っていなかった。

そろそろ引退の時期だったのだ、と思いあきらめようとしてみる。だが、いつもフラッシュバックする光景があった。煌々とライトに照らされたステージに立って、万雷の拍手を浴びている、華やかな自分の姿である。我に返れば、手足が萎えて、やつれ果てた老女が鏡に映っている。気も狂わんばかりの焦燥感に駆られ、次の瞬間、絶望の底に転げ落ちる。

どうもがいてみても元に戻るわけがない。かと言って今の惨めな現実を受け入れる事は出来そうもなかった。不自由になった姿を人目に晒すのも嫌で、引き籠もる生活が続いていた。幼少期から音楽一筋に生きてきた。従って他に出来ることがあるわけでもなく、また興味の対象もないのだった。

陰鬱な日々がただただ空しく過ぎていく…。生ける屍のような自分が忌まわしく、遂にジャンヌは睡眠薬自殺を図り、救急車でC病院の精神科に運ばれた。まりえの訪問はそれから半年後のことである。ジャンヌが倒れてから三年が経過していた。

まりえは、自分も映像や録音を通して知っている、かの有名なジャンヌ・ヴァレリーの変わりように驚愕した。「C病院から来たボランティアです」と名乗ったものの、彼女を刺激してはいけない、と咄嗟に感じて、自分が音楽畑の人間だということを控えた。ジャンヌも前歴を語らなかった。

「お目にかかれて光栄です。マダム」。清らかなほほ笑みを浮かべて対応するまりえを見ると、ジャンヌは、ほっと心がやすらいだ。

西洋の顔は凹凸が激し過ぎる。自分に力がある時は何とも思わなかったが、弱っている時には、猛禽類に射すくめられる気がする。この東洋のなめらかな顔は、穏やかで、私を害しそうにない。それに外国人だ。以前の私のことなど知らないだろう。

ジャンヌは警戒を解いて、まりえに尋ねた。

「何の目的でパリにいらしているの」

「フランス近代史の研究です」

まりえは、とっさに文学部の学生を装った。

「病院でボランティアをしているんですけれど、右手を負傷してしまいました。それで、手を使わないで患者さんの助けになるカウンセリングやお話し相手をするように、と上から言われました」

ジャンヌはまりえの素朴で率直な受け答えが気に入った。よい話し相手になるかも知れない。プティ・フールと紅茶を運ぶようにセシルに命じ、サロンの窓を大きく開けさせた。丈高いポプラの木立を渡って、セーヌの川風が吹き込んだ。灰色の重いコンクリート詰めのようだった日常に、風穴が開いたようにジャンヌは感じた。まりえの存在は、爽やかな一陣の風だった。豊かな川面を遊覧船が滑るように進んで行く。闇に閉ざされ、時計が止まっていたジャンヌの時が再び滑り出した。

「で、あなたの歴史研究はどの年代なの。私、第一次大戦の時は生まれていなかったけれど、第二次大戦以後は経験しているからお話ししてあげられるわ。一九四〇年、ナチスドイツがパリを占領した時、私は二十歳だったの…。とてもつらい思い出があるの。いつかお話しするわね」

急にジャンヌの頬に赤みが差し、瞳に光がともった。先程まで七十歳を越えていると思われたが、実は、六十歳を過ぎたばかりだった。激動期に時代を生き抜いてきた歴史の生き証人として､自分には語るべきことがある。

「まあ、ぜひお伺いしたいですわ。どれほど私の、いえ現代の人々のためになるかわかりません。でも、お疲れになるといけませんから、今日のところはこの辺で失礼いたします」

まりえは四十分ほどで辞去したが、自分の訪問が受け入れられた､と手ごたえを感じた。言い出した手前、ということもあるが、それから歴史への興味が澎湃として湧き起こってきた。

まず図書館に行って歴史関係の書物を読みふけった。パリ市の起源は紀元前に遡る。セーヌの中州にあるシテ島とサン・ルイ島が発祥の地だった。その頃、ヨーロッパ西部はガリアと呼ばれ、紀元前五十年頃、ローマ帝国の英雄カエサルにより征服された。パリをはじめ、フランスにはローマ時代の遺跡が幾つもある。その後、カペー王朝、ブルボン王朝と絶対王政が栄えたが、一七八九年、大革命により転覆された。

長大なスケールの歴史絵巻にまりえは魅了された。しかし、そんな厖大な対象を追っていてはいくら時間があっても足りない。大革命以後の歴史に絞ろう。窓外を見やると、冷たい色彩の背景に鋭い線の裸木が風に揺れている。まりえは現場に行って実物に触れてみようと思い立った。パリ歴史散歩である。

その頃、歴史書の書架のところでよく出会う若い日本人がいた。青木秀吾という、パリ大学に来ている歴史研究家である。彼は懐かし気に、しかし礼儀正しくまりえに声をかけてきた。こちらに来て日が浅く、何かにつけて不慣れで、まりえを頼りたそうだった。まりえは彼に、市内の記念碑などを巡るのに付き合ってくれないか、と尋ねた。願ってもないことだ、と彼は快諾した。

一七八九年から始めるとして、二人は先ず、バスチーユ広場に向かった。かってここには堅固な要塞が築かれていた。一八世紀当時、政治犯の監獄として使われていたが、一七八九年七月一四日、これが襲撃される。圧政下、生活苦にあえいでいたパリ市民の武装蜂起である。大革命の始まりであった。

現在では、監獄は取り壊され、七月革命記念柱が高々とそびえ立っている。切れた鎖と松明を手に大空に飛び立とうとする人物像が、柱頭で陽を浴びて輝いている。

「革命が勃発する背景には、どんなことがあったのですか」と、まりえは秀吾に尋ねた。ふだんは寡黙なのに、こと専門となると彼は実に雄弁になり、止まることを知らなかった。パリに来て以来、こんなに思い切り日本語を話せる機会はなかった。しかも相手は、知性に溢れる魅力的な若い女性だ。

文化、芸術が華麗に花咲く王宮。奢侈《しゃし》と放漫財政、加えて度重なる失政。そのツケは庶民の窮乏となって現れた。日毎のパンを欠くまでになった民衆は、ついにバスチーユに押し寄せる。天地を揺るがすばかりの群衆の怒号、武器の打ち合う音。

秀吾は、一場面、一場面、眼前に展開するかのように生き生きと語った。頬は紅潮し、瞳はキラキラと輝いている。まりえは自分まで興奮し、こうしたドラマの中の登場人物になって活躍している気分になった。

広場には青空市が立ち、透き通った冬の陽を浴びて、二百年後のパリ市民たちがのどかに買い物を楽しんでいる。鮮やかな色彩が溢れている野菜の店、みずみずしい果物が山のように積み上げられている店、驚くほどに豊富な種類のチーズが並んだ店、見て歩くだけでわくわくしておなかが空いてきた。匂いとともに、庶民の、地に足の着いた幸せが伝わってくる。

二人は隣接したマレ地区の手頃なレストランに入った。門口に、ユダヤの青い星印が見えた。「歴史家の本格的な御講義、本当に面白かったわ。お礼に今日はごちそうさせてね」とまりえは言った。日向の匂いのするような素朴なパンに、牛肉を煮込んだグーラシュがよく合う。主人は東欧の出なのだろう。二人はすっかり温まり、体力を回復した。

「パリでは本当に自由を満喫できるのですね。日本にいた時は普通に思っていましたけれど、何か小分けした松花堂弁当の中に、一人一人きちんと詰め込まれていたみたいです。隙間のない人間関係や浮世の義理にからめ取られてましたね。ここに来て、大きな空間に解き放たれました。楽に呼吸ができます。それと引き換えに少し不安で、まあ孤独ですけど。でも、今日みたいにまりえさんと御一緒できたら申し分ないわけで」

「秀吾さんは日本という港を出て、大海原に乗り出したところね。あなたの前に広がっているのは、洋々たる未来なのだわ」

何とうらやましいこと、とまりえは思った。数年前の自分を見るようだ。だが今、音楽家としての将来は断たれてしまったし、愛する人も失った。もう自分の人生は終わっているのかも知れない。

日影の淡い午後だった。二人は橋を渡ってシテ島に入り、コンシェルジュリに向かった。ゴシック様式の壮大な建築物である。中世には王宮であったが、大革命時、牢獄となり、王族・貴族・その他反革命分子が幽閉されて処刑を待ったところである。

冷たい石の階段を上り、小部屋に入った。壁にかかるプレートには、何千人もの刑死者たちの名前が刻まれている。先に進むと、貴族たちが数人単位で押し込められていた、粗末な狭い牢が続く。最後に、やや広めのマリー・アントワネットの独房が現れる。二人の憲兵に常時見張られ、プライバシーを守るのは一枚の衝立てのみという貧しい空間。ヨーロッパに君臨したハプスブルク家の君主マリア・テレジアの娘。十代でルイ十六世に嫁ぎ、フランス王妃として絢爛たる宮廷生活を送っていた彼女ほど、激しい運命の逆転を味わった人物は少ないだろう。最後まで気品を失わなかったと伝えられる。一七九三年十月、コンコルド広場で断頭台の露と消えた。三十八歳であった。革命推進派であったダントン、ロベスピエールまで、内紛の結果、処刑されている。

これは本で読む、遠い国の、現実感の薄い物語ではない。歴史とは、生きられた現実だったのだ。秀吾の説明を聞くまでもなかった。石の壁や鉄柵や、無数の刑死者たちの名前が過去を現在に繋いで、見る者に語りかけてくる。二人は沈黙したまま、陰鬱な光景を見て回った。冷たい石の床から寒気が這い上がってきて、全身が凍った。

獄屋から外に出て、やっと人心地がついた。顔を見合わせて笑顔になる。冥界の呪いから解き放たれた気がした。二人はカフェに入り、熱い飲み物を注文した。

「今日はとても充実した歴史散歩でしたわ。感謝しています」

「僕の方こそ本当にありがとうございます。ご一緒していただいたので、どれほど心強かったことか。熱心に聞いて下さる方にご説明できるって、心が高揚するものですね。まりえさんに研究成果を報告できると思うと、ますます向学心が湧いてきました。またお伴させて下さいね。あなたの存在は貴重です」

秀吾は真っ白い歯を見せて、とても清潔に笑った。冬、日照時間の極端に少ないこの地は、もう暗かった。二人はメトロの入り口で別れた。

まりえは地下鉄に乗り、郊外の駅で降りた。地上に出ると雪が降っていた。こんなに暗くて寒い日を、ジャンヌ・ヴァレリーはどのように過ごしているのだろう、とふと思った。

あれから、週一回の割合で、サン・ルイ島の家を訪ねている。まりえには警戒を解いて、心置きなく話してくれるようになった。

午後のひととき、窓越しにセーヌを望みながら二人は気持ちのよいティータイムを過ごすのであった。ジャンヌが幼少期から娘時代までのパリの街の移り変わりを話して聞かせると、まりえは興味深そうに聞き入ってはときどきメモを取ったりする。さすがは歴史学の学徒だ、とジャンヌは満足した。

まりえは見よう見まねで、自分の受けていたマッサージや整体術をジャンヌに施術してみた。何とか、車椅子生活から脱却して欲しいと思ったのだ。頑固なジャンヌだったが、不思議にまりえの言うことには素直に従った。東洋の魔術でよくなるのではないか、と思ったふしもある。

整体で身のこわばりや痛みが随分楽になると、心も明るくなり、うっすらと希望の陽が差し込んだ。軽やかに緑の中を駆け回ってい

た少女時代が、忘れていた幸福の感覚が、蘇ってくる。それを語る相手がいた。聞いているまりえは、すっかり感情移入して瞳を輝かせたり、眉を曇らせたりする。自分が、若い日の自分に語っているようだった。

地下鉄を出たまりえは、雪の降りしきる中、家路を急ぎながら先日別れ際に言ったジャンヌの言葉を思い出していた。

「あなたは私に忘れていた青春の息吹を返してくれたわ。希望と幸せに胸を膨らませていたあの頃が、かすかだけれど戻ってきた気がする。あなたは私にとって、無くてはならない人よ」

暗い空から、白い雪が小止みもなく落ちてくる。終わってしまった、と思っていた自分の人生だけれど、このパリで少なくともこの二人だけは私を心から必要としていてくれ

る。まりえは、わずかながら生きている手ごたえを感じた。

帰宅して部屋を暖めると、ソファに身を投げ出した。不安定な自分の存在を持て余していた。高揚感を覚える一方、鬱屈した思いがわだかまっている。

何とかバランスを保とうとして、ピアノに向かった。ラヴェルの左手のためのピアノ協奏曲。もうかなり弾き込んでいるので、流れるように音が紡がれていく。だが今日は、半身だけを持って行かれるような、片びっこな気分に陥った。そんな自分を支えようと、本能的に両手を鍵盤に置く。ひとりでに両手が動いて、ショパンのノクターンの調べとなった。勿論、右手はごく弱い音だし、テンポもひどくゆっくりだ。弾き終わって、ほっと長い息をついた。片びっこな感覚が失せている。全身が清冽な水に貫かれていた。今は細くてかすかな水流だけれど、いつか豊かな流れになる、という予感があった。

窓を開けて夜の冷気を深々と吸い込んだ。雪は止んでいて、凍ったような星空が広がっている。ひときわ明るい青い星が輝いていた。ジャックの青い瞳を思い出した。星は「よかったね、マリ」と言うように瞬いていた。

冬の間、まりえはジャンヌ・ヴァレリーの家に毎週通った。話題は主に、彼女の青春時代と文化の花咲く当時のパリだった。だがすべて、音楽会にデビューする以前のごく若い頃のことに限られていた。まりえは、彼女にマッサージや整体を施した後、車椅子から立ち上がって、歩行訓練をするように励ました。最初は数歩からであったが、何週間かするうちに、杖にすがれば室内をかなり歩き回れるようになった。「自由と自分らしさを取り戻した！」と、ジャンヌは喜びに顔を輝かせ、身体全体から発する雰囲気も、十歳は若返った。

やがて、白、黄、紫のクロッカスが咲き、復活祭の便りも聞かれる頃になると、ジャンヌは顔も声も、すっかり明るく艶やかになった。ある日初めて、「外に出たい」と言い、まりえに支えられながら、螺旋階段を一段一段下りた。館の前はセーヌ川である。河畔の石のベンチに腰を下ろした。風は冷たかったが、春の息吹が香っている。川波はきらめき、その上に薄霧が光のヴェールのようにかかっていた。遊覧船が滑るように動いて行く。その航跡を、ジャンヌは懐かしそうに眼で追った。

「私には恋人がいたの。あんな船に乗って楽しく過ごした…」

まりえは〝私は聞いていますよ〟という真剣な目でジャンヌを見詰めて、次の言葉を待った。しかしジャンヌは先を続けなかった。初めて外に出たので、疲れさせてはいけないと短時間で切り上げ、居間に戻った。別れ際にジャンヌが言った。

「今日は本当に嬉しかったわ。何年ぶりかしら。自分の足で歩いて外に出て、大好きなセーヌを眺めるなんて…。感極まって、つい恋人だなんて口にしてしまったわ。ずっと記憶の底に封印していたことなのにね。彼はユダヤ人の音楽家だったの。一九四〇年まで一緒だったわ。あなたは歴史家だから、わかるでしょ、一九四〇年に何があったか。彼のこと、マリに話せるようにこの次までに心の整理をしておくわね」

フランス史の概略ぐらいしか、まりえには

わかっていなかった。一九四〇年、フランスはドイツに降伏し、パリはドイツ軍に占領された、ということしか思い浮かばなかった。秀吾なら、前後の詳しい事情を語れるに違いない。

図書館のカフェテリアで待っていると、約束の時間に秀吾が現れた。数冊の歴史書を抱えて、敏捷な動作で近づき、明るい眼差しで笑った。真っ白な歯がこぼれる。

「まりえさんがお知りになりたいのは、一九四〇年当時のパリのユダヤ人ですよね。一九三三年、ナチス党のヒトラーが独裁権を掌握し、ユダヤ人弾圧が始まったのはご存知でしょう。それが過激化したきっかけは、こパリで起こったユダヤ青年によるドイツ大使暗殺事件なのですよ。一九三八年十一月のことです。十一月九日、ドイツ全土でユダヤ人迫害運動が起こります。『水晶の夜』と呼ばれます。一晩で七千軒以上のユダヤ人商店が襲撃され、ショーウィンドウのガラスが舗道に粉々に散ったさまを水晶に例えたものです。ユダヤ人の収容所送りが始まりました。

一九三九年九月、ドイツ軍のポーランド侵攻に対して、イギリス、フランスがドイツに宣戦布告。第二次世界大戦の勃発です。ドイツ軍はフランスが予想していなかった北方から進軍し、デンマーク、オランダ、ベルギーを下し、一九四〇年六月十四日パリ入城を果たしたのです。コンピエーニュで対独降伏文書に調印したペタンは中部フランスのヴィシーに政権を移しました。パリにはナチスドイツの鉤十字（ハーケンクロイツ）の旗が至るところに翻ったのです」

熱を込めて話す秀吾の紅潮した顔に対し、

まりえの顔は次第に青ざめていく。

「ナチスは民族浄化政策を征服地でも徹底的に推し進めましたから、ここパリでもユダヤ人狩りが始まったわけです。レジスタンスの闘士たちが地下運動を繰り広げていましたし、市民たちの中にもユダヤ人を庇ったりかくまったりする人はいましたけれど、食糧も配給制になり、生活が苦しくなると他人の面倒まで見られなくなります。パリはユダヤ人にとって日毎に恐怖を増していくところとなったのです。彼らはあらん限りの手立てを講じて、国外に逃れようとしました。ポルトガル、モロッコ、イギリス、アメリカを目指したのです」

秀吾はまだ話し続けていたが、もうまりえの耳には何も入ってこなかった。当時の恐怖が彼女に襲いかかって、頭を羽交い絞めにしていたのだ。サンドイッチを二人分注文していたけれど、自分の分も秀吾の方に押しやった。だが新大陸に逃れて、戦後、素晴らしい活躍をした音楽家や実業家が多数いたはずだ。例えば、バーンスタイン一家なども…と、まりえは気を取り直した。

「本当にユダヤの方々は大変な地獄を味わわれたのですね。今度は、そのルーツからお聞かせ願いたいものですわ」

「これは大変長いものですよ。紀元前二千年以上前に遡りますからね。放浪と受難とが主導調とも言えます」

「でも存じ上げている天才の多くはユダヤ系ですわね」

まりえは何とか話を明るい方向に持っていこうとしたが、光と闇が拮抗する中で、どうしても闇の力の方が強かった。

秀吾は部厚い写真集を開いて、戦前、戦後のパリの情景をまりえに説明した。まりえは感謝の言葉を述べて秀吾と別れた。彼はまだ図書館で調べ物があると言う。

外は早春の淡い青空が広がっていた。以前秀吾と行ったマレ地区に向かう。マレ地区はユダヤ人街として知られているところだ。気を付けてみると、店々の門口にダビデの星と呼ばれる青い星印がついている。歩いているうちにシナゴーグ（ユダヤ教会）の前に出た。黒い帽子を被り、顎鬚を生やし、黒い服に身を包んだ人が数人群れている。プラタナスの並木通りに面した店々は各々趣があって、ショーウィンドウを覗くのも楽しい。古道具、家具、絵画、人形、ガラス製品、陶器など何でもある。食料品店にはユダヤ独特のパンと菓子が置いてあり、ペースト、燻製類も売っている。

まりえは、さっきサンドイッチを秀吾に譲ってしまったので空腹なのに気づいた。カフェに入って、ワインとカナッペを注文した。黒パンに乗ったニシンやサーモンが気持ちよくおなかに落ち着き、ワインの酔いで陶然となると、この界隈の独特の魅力が沁みてきて、〈暗い歴史はあったかも知れないけれど、現在は、皆も私も幸福なのだわ〉と無理に思い込もうとした。

花屋で水仙の花束を買って帰った。白い花弁と黄色い花芯が気高さを醸し出す。部屋中に爽やかな香りが満ちた。ピアノに向かってショパンに没入した。このところ、精神のバランスを保つにはこれしかないと思う。音はまだ弱かったが、前に比べて数段調子が上がってきている。

数日後、まりえはサン・ルイ島のジャンヌを訪ねた。ジャンヌはいつになくやわらかな表情でまりえを迎えた。日課をこなした後、「この間、あなたに約束したわね、恋人の話をするって…」と切り出した。

「エーリヒに出会ったのは、私が十八歳の時で、彼は二十一歳だった。二人ともパリ音楽院の学生で、私はピアノ、彼は作曲をやっていた。エーリヒは天才で、作曲も世に認められていたし、指揮者としてオーケストラ・デビューもしていたの。壇上で亜麻色の髪を振り乱して指揮棒を振る彼の姿を、遠くから眺めて憧れていたわ。彼の作り出すダイナミックで、しかも限りなく繊細な音楽に胸が震えたし、その端正で若々しい肢体が、敏捷に躍動するのにも魅せられていた。彼に私のピアノを聞いてもらえたら…。その時の私にとって、夢のまた夢だった。

十九歳の時、私は有名なコンクールで優勝し、一躍、音楽界で注目されるようになった。次々と出演依頼が舞い込むようになったわ。でも何より嬉しかったのは――エーリヒが私を認めて、オーケストラ公演に私をソロとして招いてくれたことだった」

それから、ジャンヌとエーリヒが恋仲になるのに時間はかからなかった。目指していた音楽の方向が同じだったせいもある。二人とも魂の上昇と浄化を求めていた。エーリヒはジャンヌのまばゆいばかりの才能と、息をのむような美しさに雷に打たれたようになった。ジャンヌの方は、以前から彼にすっかり心を奪われていた。

公演や練習の合間をぬって、できる限り二人居の時を過ごした。彼女の存在は彼にとって美しい芸術作品だった。艶やかな栗色の巻き毛を、閉じたまぶたを、真っ白な長い首筋を、彫刻のような胸を愛撫した。ジャンヌは美貌の若者の頭に桜貝のような爪を立て、胸に掻き抱いた。二人の吐息が天空を駆ける時、永遠が二人を結び合わせるかと思われた。

一九三九年九月、戦争が始まった。ドイツにおけるユダヤ人迫害は前年から激しさを増していたが、その脅威はパリのユダヤ人にも迫ってきた。ベルリンの彼の両親とは、アメリカに亡命するという便りを最後に連絡が取れなくなっていた。

ドイツ軍は破竹の勢いで北側の国々を下し、フランス国境に迫っていた。身の危険を覚えながらも、エーリヒはジャンヌと別れることなど考えたくなかった。自らの地歩を築き上げたパリの音楽界を去るのは忍び難かった。しかし一九四〇年六月、ドイツ軍はパリに入城し、フランスはドイツに降伏する。決断の時が迫っていた。

財産の多くを費やして、エーリヒはセーヌの遊覧船を借り切った。船でイギリス海峡に出て渡英しようという計画である。

ジャンヌの両親はバカンスを過ごすために田舎の別荘に行っていたので、エーリヒは決行の前日、サン・ルイ島の家にやって来た。住居を引き払い、入るだけの所持品を詰めた大きな旅行鞄一つという出で立ちだった。自作の楽譜や愛蔵の楽曲集はすべてジャンヌが預かることにして、何日もかけて彼女の部屋に運び込んであった。

ジャンヌは二十歳の記念に母から譲り受けていた先祖伝来の宝石類を彼に差し出した。

ダイヤで縁取られたルビーやエメラルドの指輪、真珠のネックレス、金細工の時計…。

「そんな貴重なもの受け取れないよ」とエーリヒは言った。

「戦争が終わって、また一緒になれて、結婚したらまた私のものになるじゃない。これであなたの命が贖えるかもしれない。私からのお守りとして持っていてね」

いよいよ決行の日、日没を待ってセーヌ河畔に出る。舗道から石段を下りて、水面と同じ高さの石畳に立つ。一隻の遊覧船が音もなく二人に近づいてきた。操舵室にいるのは、エーリヒの友人マルセルだ。ジャンヌとエーリヒは灯火を消した船室に身を隠すように坐った。船は滑るように動き出した。幾つもの橋が影絵のように後へ遠ざかって行く。シルエットになったノートルダムが徐々に小さくなりながら、二人を見送っているようだった。空の一角に、暗い薔薇色が熾火のように消え残っていた。この風景を再び見ることがあるだろうか、とエーリヒは思った。ジャンヌはノートルダムの聖母に必死に祈った。

「必ずエーリヒをお守りください。この戦争を生き延びて、いつの日か二人が再び出会い、結ばれますように。その日を信じて、私は淋しくても耐えます」

船はパリの町を出て、闇の中、田園地帯を航行する。半時ほど経った頃、マルセルは河岸に船を着けた。ここでマルセルとジャンヌは下りる。そしてパリに戻るのだ。懐中電灯で合図をすると、岸辺の小屋から男が出てきてマルセルと言葉を交わし、操舵室に入った。大金を払って雇った男で、夜間ずっと舵を取って、河口の港ルアーブルまでエーリヒを送り届ける約束だ。

ジャンヌとエーリヒは声を立てずに、ひしと抱き合った。彼女は闇にまぎれて、音を忍ばせ、陸に上がって地面に身を伏せた。顔だけ上げて、岸辺を離れて行く船を目で追った。明かりを消した船窓に、張り付くようにしているエーリヒの顔が、仄白く浮かび上がっている。ジャンヌは船が見えなくなっても、いつまでも水平線から目を離せないでいた。マルセルが肩に手を置いて「さあ、もうパリに帰らなくては…」と言った。

それからというもの、ジャンヌは近所の教会で、聖母マリアにエーリヒの無事を祈るのが日課となった。純白の聖母像を見上げると、心に大きな慰めが与えられた。時にはパイプオルガンを弾かせてもらったりもした。アーチ形の高い天井に向かって、厳かな音が上っていき、満ち溢れるように、会堂全体に響き渡った。エーリヒは首尾よくイギリスの土を踏めただろうか。便りはいくら待っても来なかった。戦時下で郵便事情は混乱しているに違いない。

占領下のパリは表面上平穏のように見えたが、食糧は窮乏の一途を辿り、配給では到底足りなかった。ジャンヌもリヨン駅から列車に乗り、別荘のあるブルゴーニュの田舎へと食糧調達に出掛けた。

農民たちはなかなか作物を譲ってくれなかった。が、教会のミサでオルガンを弾くと空気は一変した。卵、チーズ、野菜がジャンヌのもとに運ばれてきた。彼女が有名なコンクールで優勝したプロのピアニストだと知ると、村人たちはますます興奮した。帰りにはニワトリやウサギまで持たされた。

こんなわけで、ジャンヌ一家はまずまず穏やかな日々を過ごしていた。エーリヒのことを祈らぬ日はなかった。ピアノの練習をしながら、彼を想い、セーヌを眺めては彼の身の上を案じた。

一九四三年、四四年とレジスタンスの地下運動が激しくなる。四四年六月、連合軍がノルマンディーに上陸し、これに呼応して、レジスタンスが一斉蜂起。八月、ドイツ軍が敗退したパリに、ドゴール将軍が凱旋する。戦争は終わり、ユダヤ人は収容所から解放された。ユダヤ人の組織が戦争犯罪と被害を執拗に捜査し始めた。

ジャンヌはその組織に依頼し、エーリヒに関する情報を得ようとした。半年ほどして回答が寄せられた。彼はセーヌの河口近くで、レジスタンスを装った操舵者に殺害され、金品はすべて奪われた、とのことだった。

まりえは胸に鋭い痛みを覚えた。ジャンヌは両手の中に顔を埋めてしまっている。

「申し訳ありません、つらいことを思い出させてしまって…」

ややあって、ジャンヌは涙に濡れた顔を上げた。貰い泣きしているまりえを見詰めて、ジャンヌは静かな声で言った。

「いいのよマリ。時が来たのだわ。封印を解く時が。余りにも苦しくて、思い出さないようにずっと蓋をしてきたの。記憶を殺して、心の大切な一部を殺して、四十年近くも生きてきたのだわ。今、その一部を蘇らせることができて、私の全体性が回復した気がする。あなたのおかげよ。マリ、ありがとう」

ジャンヌは、皺の刻まれた顔に、清々しいほほ笑みを浮かべた。憑き物が落ちたかのようだった。

その日以来、ジャンヌは自分の前身が、音楽家であったことを隠さなくなった。まりえも、自分のこれまでの人生をすべて語った。奇しくも、二人は同じ運命の下にいた。命をかけた恋人と引き裂かれ、また、生涯を捧げた音楽の道が閉ざされるという運命だった。二つの魂が響き合った。

まりえがサン・ルイ島に通う意味合いが一変した。ジャンヌが、まりえを弟子としてピアノ指導することになったのである。師匠は、弟子を通して音楽を創る歓びを回復した。現在は自分では弾けないといっても、ジャンヌ・ヴァレリーは当代一流の名匠には違いない。彼女は、まりえを再び音楽修業の道に立たせた。もちろん右手の力は弱く、演奏の脆弱さは否めなかったが、それらすべてを受け入れ、辛抱強く、温かく指導した。それは、まりえがジャンヌのリハビリテーションを愛情を持って、忍耐強く導いたのと軌を一にしていた。

右手の回復は遅々としていたものの、数年が経過するうちにはほとんど元に戻った。

まりえの初めてのソロコンサートは四十歳を過ぎていた。大変遅いデビューではあったが、彼女はジャックとの約束が果たせたように思い、静かな歓びに満たされた。年二回、帰国して行うコンサートが評判となり、日本では名を知られるようになった。

道夫が二十代後半でソルボンヌに留学していた頃には、まりえはよく彼をパリ散歩や食事に連れ出したものである。滞仏二十年ともなると、まりえはすっかりフランス風になっていて、音楽家としての自信も加わり、物慣れない若者の道夫にとっては実に頼りになる伯母であった。

それから十年後、道夫はアフリカのスーダンにいた。気鋭の考古学者として奥地の発掘調査に携わっていたのである。調査もほとんど終った時、まだ雨期にはならないのにG川の上流に鉄砲水が出て、下流の町や村が洪水に見舞われた。日干しレンガや泥で出来た家々はひとたまりもなく倒壊し、流され、多数の死傷者が出た。調査隊の隊長だった道夫は副隊長に調査の後片づけを託し、二人の隊員を連れて災害を受けた現地に駆けつけた。悪路で、四輪駆動車でも一日かかった。

まずは人命救助で、泥濘をシャベルで掘り起こし、ゴムボートを出して、水没した島に取り残されている人々を搬送する。国境なき医師団の診療所テントが丘の上に付設されていた。フランス語圏の医師や看護師が多く、道夫はコミュニケーションに不自由はなかった。十日ほど泥だらけ汗みずくで働くうちに水は引いて、被災者支援も一段落した。灼熱の太陽の下、岩石の高原が連なり、スズメバチが飛ぶ。陽が落ちるとにわかに身を切るような夜の寒気が襲う。夕食後、道夫はテントを出て、星空の下、焚き火を起こした。地平の果てから果てまで、無窮に連なる大天蓋は、見たこともないほど大きな無数の星々がちりばめられていて、音もなく、滝つ瀬のようになだれ落ちるかに見えた。気がつくと、傍らに医師団の一人が坐っていた。救援活動中に親しくなったフランス人医師だった。

「えっ、あなたもパリですか。実は私の伯母はパリに三十年も住んでいてね。ピアニストなんですよ。一度は右手を損傷して挫折したのですけど、立派な師匠を得て道に復帰したのです」

「おやおや、それってマリのことではないですか。私の旧知の友人ですよ。妻のエレーヌとも大親友だし…。あなたが彼女の甥に当たるなんて。実に感動的だ」

医師はマーレクだった。

「あなたはマリに似ていますね。そのボランティア・スピリットがね。マリは、自分の音楽は人を癒すものでありたいと言って、病院や施設で演奏をしている。今では、自宅でチャリティ・コンサートを開いて、その収益を国境なき医師団に寄付してくれるのです」

道夫は「自宅って?」と、不思議そうな顔をした。町はずれの手狭な、伯母のアパルトマンを思い出す。とても人が大勢集まれそうなところではない。

「ああ、もう三年前になるかな。マリが最期までお世話したジャンヌ・ヴァレリーが亡くなってね。遺言で、マリがサン・ルイ島の家を相続することになったのですよ。グランドピアノがある大広間は、百人は入れるからね。マリは慎ましい人だけれど、今では固定したファンがいてね。コンサートの時はいつも満席になるのですよ」

開会に際して、彼女はまずジャンヌ・ヴァレリーに敬意（オマージュ）を捧げる。再起の道を歩ませてくれた恩人であり、歩みの遅い自分を一流にまで育て上げてくれた恩師である。そしてこの会場こそ、師の芸術の揺籃であり、アトリエであり、聖域なのだ、と。

「確かにマリはジャンヌに育て上げられただけあって、その輝く才気と高度な技巧を受け継いでいます。しかし、マリ本来の、どこまでも透き通った音色と、あえかな優美さは他の追随を許しません」とマーレクは言った。

道夫は、星降る大天空に、まりえのピアノの音が響き渡るのを感じた。

＊＊＊

窓辺から、セーヌの遊覧船が静かに進んで行くのが見える。ポプラの葉が光にそよいで、爽やかな風が流れ込んでくる。遂に、伯母の日記を全部読み終わった。彼女の晩年は、静かな歓びに満ちたものであったことが伝わってくる。苦しむ人、悲しむ人の魂に寄り添い続けた音楽家人生だった。

若き日の肖像画『わが憩い』と遺産のグランドピアノ〝スタインウェイ〟を眺めながら、私は思う。彼女の魂を生涯支え続けたのは、大きな二つの愛だったのだと。それは、ジャックの愛とジャンヌの愛だった。

私はその心を何よりの遺産として受け取り、三人の愛に恥じないように生きたいと切に願う。

光の汀

吹き抜けのホールを横切り、正面玄関に出る。石造りのアーチから見る日本大通りは金色に輝いている。真っ青な空の下、黄葉したイチョウ並木が延々と続いているのだった。潮の香に乗って船の汽笛が聞こえる。重苦しい建物内とは全く別の世界が広がっていた。

横浜地方裁判所第三小法廷で、先ほどまで行われていた裁判。被告は息子の細川正貴、罪状は大麻覚醒剤所持使用。傍聴席で、細川藍子は生きた心地もせず、成り行きを見守っていた。

うつろな足取りで、晩秋の陽に照らされた通りを歩く。ややあって、埠頭に着いた。ちょうど大型船が出航するところだった。広大な甲板《デッキ》、高級ホテルのように並ぶ客室の窓。優美な貴婦人とまがうばかりの船体が、静かに海面を滑り始めていた。吃水線に白い波が泡立ち、レースの裳裾のように広がる。

ふいに藍子の胸に、一枚の絵が浮かんだ。何色ものクレヨンで、画用紙いっぱいに描かれた船体。マストに青い旗が翻り、ホテルのように沢山の窓が並んでいる。男の子が一人、操舵室から顔をのぞかせている。あとは全く人影がない。それは正貴が小学二年の時、描いた絵だった。

藍子は、この絵の希望に満ちた明るさと色使いの大胆さに感嘆の声を上げた。

「お母さん、この絵大好きよ。まあ君は、こんな船に乗って、大きな海に出て、広い世界に行くのね」と言うと、正貴ははにかんだように笑った。

今、思い返してみると、大きな城館のような建造物の中に人間がたった一人、というのが異様だった。あんな小さいうちからあの子は自分の孤独な人生を知っていたのだろうか。

藍子は公園のベンチに座って目の前の海を眺めた。午後の冷たい光が辺りを領していた。胸の裡《うち》に悲哀が降り積もっていく。身体が砂袋のように重い。ベンチから立ち上がれなかった。今までの努力は、すべて徒労だったのか。何て空しい人生。藍子は、生きているのがいやになった。

突然、「細川さん」と声をかけられた。驚いて振り向くと、フラダンス教室で一緒の安藤咲子だった。豊かな黒髪をアップに結い上げ、血色のよい丸顔にいつものえくぼを浮かべている。毛皮の衿の付いたレンガ色のオータムコートが、傾いた陽射しの中にくっきりとしたラインを浮かび上がらせていた。

「まあ、どうなさったの？　見たこともないような暗いお顔なので誰かほかの方かと思ったら…。やっぱり細川さんなのね。何か、ご心配ごと？」

藍子は慌ててダンス教室用の華やかな笑顔を作ったが、上手くいったかどうか分からない。

「あら、安藤さんこそどうなさったの？　そんなにお洒落して…。これからお出掛け？」

「ううん。終わったところよ。高校時代の集まりがそこのホテルニューグランドであってね。ちょっと港を散歩してから帰ろうと思ったわけ。そんな深刻な顔で呆然としていらっしゃるなんて、何かおありなの？　失恋でもなさったの？」

余計なお世話だった。根ほり葉ほり聞かれるなんて、たまったものじゃない。

「いえね、実家の母の具合が良くないのよ。

お嫁さんも大変だし、老人ホームはどうか、それともこちらに引き取るべきかと思案していてね」

「あらあら、私たちの年代、共通の悩みよね。もしよかったら近くでお茶しないこと？」

「ありがとう。でも、もうこんな時間だわ。今日は主人が早く帰って来ると言っていたから、急いで帰って晩の支度をしなければ…」

アール・デコ風の地下鉄の入り口で咲子とは別れた。藍子はＪＲの駅まで歩き、そこから十五分ほど乗って、高台の駅で降りた。庭木の生い繁る自宅に辿り着いた時には、すっかり夕闇が下りていた。

駅前のスーパーで買って来た食材を冷蔵庫にしまいながら、思い浮かぶのは被告席でうつむいていた正貴の顔であった。腰を荒縄で縛られ、警官二人に付き添われて法廷に入って来た息子の姿に、藍子の胸はつぶれた。正貴は、ちらっと傍聴席の母親に目を走らせた以外、こちらを見ようともしなかった。

それにしても、正貴が覚醒剤に手を出してからここ数年、気の休まる時がなかった。生きた心地がしなかったと言ってよい。

かわいい素直な少年だった正貴が、荒れ出したのは高校二年の時。今にして思えば、学校が合わなかったのだ。競争の激しい受験校だった。何が不満なのか、何をして欲しいのか、聞き出そうとしても彼はもう母親にまともな口をきこうともしなかった。藍子は自分よりずっと大きくなった息子に太刀打ちできず、ただおろおろするばかりだった。

深く考える習慣のない藍子は、〝これは世に言う反抗期なのだ〟と、心の中で片をつけた。〝こんな時にうるさく干渉しては逆効果だ〟と、どこかで聞いた心理学を持ち出してみる。そして〝静かに見守るべきだ〟と結論づけた。実際には、放置したも同然だった。

藍子は週一回、小さな絵画スクールで教えていたし、カルチャーセンターのフラダンス教室にも通っていて、その準備や仲間との付き合いで結構忙しかった。

彼女は明るく無邪気な人と思われ、誰にでも好かれた。一つには、人と張り合うというところが全く無かったからかも知れない。加うるに、その時その時の境遇に自然に適応し、日々の生活に満足していた。こんなところが周囲をほっこりさせていたのだ。

レッスンが終わった後は、仲間とランチやお茶をし、いつまでもおしゃべりに興じていた。無意識ではあったが、家庭の闇から目を逸らしていた。闇は、しばらくすれば晴れると思っていた。しかし、闇は濃くなりまさるばかりだった。

正貴は、当然ながら大学受験に失敗した。夫も藍子も、期待型ではなかった。息子に向かって、そう大して非難めいたことも言わずにいた。一年くらい浪人するのは世の常だ、と鷹揚に構えていた。しかし正貴は、すでに生きる方角を失っていたのだ。勉学はもとより、何に対しても意欲が湧かなかった。渋谷や新宿で当てもなく時間を潰すようになった。そんな若者に覚醒剤の魔の手が伸びるのは速い。始めのうち、両親はそれに気づかなかった。

細川秀行は商社勤めで、五十代の、仕事に脂が乗った男だった。海外、国内と出張が多く、年の半分は家を留守にしていた。家事育児を忙しくこなしてきた藍子も、五十歳を前にしてやっと自分の時間が持てるようになった。それを目一杯、カルチャーや趣味の仲間との付き合いに振り向けていたのだった。

二十年前、高台の百坪の土地に自宅を新築した。傍目《はため》には、何の心配もない、恵まれた家庭だった。美しく手入れされた庭、瀟洒な邸宅が並ぶ界隈で、住んでいる人々も、大学教授や会社社長、著述家など、知識階層であった。

近所の人々の方が先に正貴の異変に気がついた。屋敷町の閑静な大通りを、異様に目をぎらつかせた若い男が真っ昼間に歩いている。細川家の二階の窓が開いて、道路に向かってぞっとするような怒鳴り声を浴びせる男がいる。藍子は、身が縮む思いだった。

そうこうするうちに正貴は現行犯でつかまり、三人の警官が家宅捜索にやって来た。その間、親友の菜穂子に家に居てもらった。藍子一人では無理だった。菜穂子はずっと藍子の手を握っていた。その手はとても冷たくて、木の葉のように震えていた。

初犯だというので執行猶予になったが、それ以後も親が監督できるものではなかった。二か月もしないうちに、密売人が接近してきた。もとの木阿弥である。両親はあらためて依存症の恐ろしさに戦慄した。

薬が切れた時の不安、焦燥感は常人の想像を遥かに超えていた。自分の力ではどうにもならない心身の霍乱《かくらん》に正貴は呻き続け、狂暴になる。薬を摂取すれば落ち着くものの、心は絶望感に苛まれる。自暴自棄になって大量のドラッグをあおり、自殺を企てる。身を挺して止めようとしたことで、藍子が殺されそうになったこともある。

さすがの藍子も、ノイローゼになった。カウンセリングに助けを求めたものの、原因探しや犯人探しで疲労は増すばかり。徒労感に打ちひしがれた。育て方が悪かったのか、愛情が足りなかったのか、と自分を責めたところで、何の解決にもならないのだった。

秀行は、「自分が家に居る時は必ず藍子も一緒に居て欲しい」と言った。男二人だけにされたら息子が自分を殺すかも知れないし、自分が息子を殺すかも知れない。藍子は、こんなに身近に男というものの性《さが》を見せつけられて、慄然とした。

それから半年も経たないうちに、執行猶予中の再犯逮捕となり、今日の裁判に至ったのである。

藍子は、買ってきた食材を冷蔵庫にしまい終わると、台所の床に膝をついたまま初めて涙を流した。あの地獄のような日々を思うと、まだ今の方が救われる。収監されている間だけは、正貴は自殺もできないし、人も殺せないのだから。

思いきり涙を流してしまうと、少し心が静まって夕食の支度に取りかかることができた。

重要な会議があって、裁判には付き合うことのできなかった秀行が、その埋め合わせかめずらしく六時半には帰宅した。食卓に蒸し鶏の中華だれや肉じゃが、ほうれん草のゴマ和えなどを並べていると、何年も失われていた平和な家族の夕べが、幾分戻ってくるような気がした。

「裁判はどうだった?　正貴の様子は?」

と、夫は心配気な面持ちで聞いた。

「結審は一か月後で、その時、判決が出るのですって。検察側の求刑は懲役二年三か月で、弁護側は情状酌量を説いてくれたわ。正貴は、あまり顔色はよくなかったけれど、瘦せてはいなかったみたい。我が子が、手錠や縄をつけられているのを見るだなんて…」藍子は涙ぐんだ。

「つらかっただろう。僕もつらいよ」

「ごめんなさい。私のせいね。私の育て方が…」

「やめよう。生んで育てたのは僕たちだ。言ってみれば二人の責任だけれど、今、お互い自分のことを責めるのはやめよう。そんなことをしても何も生まれない。ますますつらくなるだけだよ」

「そうね。ともかく、刑務所に収監中はドラッグを断てるわけだし…」

「そうしたら、普通人に戻って立派に更生できるさ。気長にそれを待つんだ。長期戦だから僕たちが神経をすり減らして何になる。二人とも健康に気をつけて、元気溌溂として、正貴が出所する時、大手を広げて迎え入れてやろうじゃないか」

藍子は、こうした秀行のスケールの大きさに何度救われたかと思う。結婚して以来、何とか無事に家事育児もろもろの付き合いを果たせてきたとはいえ、小さな過ちや困難は数えきれないほどあった。それを、秀行は責めることなく、大きく包み込んでは前に押し出してくれたのだった。今回も、夫を信頼してその時々に為すべきことを果たしていればよい。悲しみの底の、深い安らぎであった。

湯煎した茶碗蒸しを鍋から取り出し、鰯のつみれ汁をお椀に注ぐ。

「やあ、君の手料理をゆっくり食べるのは久しぶりだなあ。やっぱり家はいいね。何と言っても一番落ち着くよ」

「いつも料亭の高級料理を召し上がっていらっしゃるのに?」

「そんなのは接待や付き合いで仕事の延長でしかないから、気骨が折れるばかりで味も何もあったものじゃないさ」

食前酒に頬を赤くしている夫に、笑みを返しながら藍子は思った。

「私の居るところはやっぱりこの人のもとなのだわ。秀行さんと居れば、悲しみも悩みも半分以上軽くなる。こんな私だけれど、主人と息子のために生きて行こう」

一か月後、懲役二年の判決が下りて正貴は栃木県の山奥にある刑務所に収監された。藍子は、このことは誰にも黙っていた。近所はうすうす勘づいてもいよう。ただ一人、親友の菜穂子にだけは打ち明けていた。

「まあちゃんは、人を殺《あや》めたわけじゃないし。世界の中には、ドラッグを合法化している国だってあるのよ。そういう国でだったら犯罪にはならないのだわ。一番心配なのは本人の健康よ。それも、刑務所に入っていればいやでもクスリは断てるのでしょう。秀行さんは大きな心で理解して下さっているじゃない。すべて良い方向に向かっているのよ」

藍子は、菜穂子の前でだけ結ぼれた心がほどけて、涙を流すことができた。

十二月中旬、藍子は初めて栃木の刑務所に向かった。上野駅から新幹線に乗る。道すがら、車窓に展開する田園風景をスケッチする。深刻になってはいけない。一か月ぶりに会う正貴に、暗い雰囲気を持って行きたくなかった。ピクニックか小旅行に来ているかのような、軽快な気分を無理にでも演出した。

那須塩原駅で下車する。駅前の通りは、いかにも別荘地らしく、洒落たカフェや洋菓子店が散見される。藍子は地味目のカフェに入り、オムライスを注文した。

『主人が必要経費だと言ってこの遠出の費用を出してくれるのがありがたいわ。お金がなければ、新幹線を使ってこんな別荘地へ出掛けることだってできないじゃないの』

藍子は、胸が塞がって食欲がなかったが、こんな風に思い直してやっとオムライスを片付けた。

間遠なバスさえ、山奥のその場所まで行きはしなかったので、タクシー乗り場に向かった。タクシーは出払っていて、暗い感じの中年女性が一人待っていた。行き先を尋ねると同じだった。「相乗りさせて下さいませんか?」と頼むと、相手もほっとしたようにうなずいた。『さては、私と同じく夫か息子の面会に行くのだわ』

四十分ほどの道のりを、彼女は「はあ」とか「ええ」とか言うくらいだったし、運転手も心得たもので、話しかけることはなかった。町なかを過ぎ、人家もまばらな村里を通り抜け、枯れ枯れとした野山を越える間、藍子はもっぱら車窓の景色に目をやっていた。もう冬だというのに、囚人たちには暖房もないと聞いた。キルティングの上衣やセーター、厚手の下着などを持って来たが、許可が出るだろうか。規則で囚人服以外は駄目かも知れない。

面会といっても、透明な板で隔てられてい

て、顔に当たる部分にいくつもの小穴が開いている。そこを通って、お互いの声が行き来するだけである。

相変わらず、正貴は口数が少ない。一方的に藍子が話しかけたり、自宅の様子を報告したりする。クスリが抜けたせいか、病的だった皮膚が健康を取り戻している。

「まあちゃん、顔の色艶がずいぶんよくなったわ。お母さん、ほっとした。お父さんは元気に仕事に行っているわ。まあちゃんの帰りを大手を広げて待っていますって！　おばあちゃんは心臓の調子が悪くて入院しているの。まあちゃんはどうしている？っていつも聞くけど、ここに居ることは言ってないわ」

それまで何も言わなかった正貴が、「おばあちゃんに会いたい」と、ぽつんと言った。

幼い頃から、殊更《ことさら》かわいがられていた。どんな悪さをしても、決してとがめられなかった。泣いていると、いつも抱きしめてくれた。

「おばあちゃんに会いたい」

係官が、面会時間が切れたことを知らせる。

「じゃあ、お母さん帰るわね。次の面会にも必ず来るから、元気でね」

と言うと、正貴は無表情にうなずいた。わずかに、口が動くのが見えた。〝ありがとう〟と読めて、藍子の目は潤んだ。

横浜の自宅に帰り着いた時は、夜の七時をまわっていた。報告を受けた秀行は、少し眉をくもらせたが、すぐ、いつもの穏やかな表情に戻り、「僕たちも、心を騒がせないでいつも通りの暮らしを静かに続けていよう」と言った。藍子は、わっと泣き出しそうな気持ちを温かく受け止められて、こくりとうなずいた。

なるべく正貴と一緒の心持ちになれるようにと、藍子は刑務所の起床時間に起きることにした。冬のこととて、辺りはまだ暗かったが、防寒着に身を固めて外に出た。

住宅街は奥に向かってなだらかな上り坂になっていて、上り切った所に小高い山があった。そこには江戸時代から続く神社が立っている。鎮守の杜《もり》の中の長い石段の下で、〝これを登ってお参りするのを日課にしよう〟と藍子は思った。周囲には手入れの行き届かない大樹が生い茂っていて、那須刑務所の道すがら見た原生林を思わせる。藍子は、祈りを込めて一段一段踏みしめながら登った。明け方の空気は冷たくて、頭が澄みわたり、遥かな時間まで見えるようだ。

正貴が十才の時、親子三人で巡った山道を思い出した。近隣にある古刹の裏山からハイキングコースが始まっていて、そこに足を踏み入れたら最後、行けども行けども山の中で、ついに二時間以上も歩いて鎌倉側に出てしまったことがあった。大人二人はへとへとになっているのに、正貴はまだ小さくて身が軽いせいかどこまでも楽々と歩いて行く。

山道をトレーニングに使っているらしく、走って行く若者たちもいた。木漏れ日が揺れ、澄み切った小鳥の声が聞こえていた。あんな、親子水いらずの楽しい日があったなんて夢のような気がする。

古びた拝殿の前で手を合わせる。

「正貴の身をお守り下さい。幸せな日々を返して下さい」

木の間越しに日の出が見えてきた。一条の透明な光が、手の甲に当たる。祈りを聞いておられる神の存在を、藍子は確かに感じた。

　鳥居を抜けて、舗装道路に出る。遥か遠くの鉄道駅まで、地形はゆるく下りながら、広大な住宅地を形成している。幼稚園があり、小学校がある。あどけない正貴の手を引いて幼稚園に通ったのが昨日のことのようだ。小さい手がきゅうきゅう藍子の手を下に引っ張るので、「まあちゃん、お手々を持ち上げるようにしてね」と言うと、正貴は母の手を持ち上げるようにして歩いた。小さなやわらかい手の感触が消えない。

「さあ、主人の朝食の支度をしなければ…。ここで泣くだけ泣いて、彼には悲しい顔を見せないようにしよう。とにもかくにも自分の持ち場があるのだから。こんな時、寄りすがる杖だわ」。藍子は涙を振り払った。


　やがて年が明けた。正月をひっそりやり過ごしてから、冬晴れのある日、藍子は一時間ほどJRに乗って、菜穂子の家を訪ねた。大学時代の友達で、当時から彼女は語学力抜群であった。四十八歳の今も独身で、英語やドイツ語の翻訳で生計を立てている。詩人肌で今も詩や短歌をよくしているが、これでは食べていけない。

　駅から十分ほど歩いて木立ちの多い住宅街に入る。三階建てのマンションの一画に菜穂子は住んでいる。築二十年になるが、堅牢な造りで管理が良いため、古びた感じはしなかった。

　藍子は駅前で買った花束とケーキの箱を抱えて菜穂子の部屋のベルを押した。すぐにドアが開いて、しっとりした笑顔の菜穂子が現れた。ブルーグレーのニットワンピースの肩に黒髪が揺れている。白い肌と濡れたような切れ長の目が印象的な人だ。彼女の静かで明るい表情を見ると、藍子はいつもほっとする。

広いガラス窓ごしに、雑木林の見えるソファに腰を下ろした。

「秀行さん、お元気？」

「ええ、おかげさまで。表面はとても穏やかにしているので、助かるわ」

「年末、那須にいらしたのでしょう？」

藍子は、こくんとうなずいた。

「大丈夫だったわ。正貴も…」

「あなたも大丈夫みたいね」

二人はひっそりとほほ笑み合った。菜穂子が対面式キッチンに立って行って、お茶の支度を始める。

壁に掛けられた風景写真に藍子は心奪われた。雪に覆われた山村の遠景だ。青い夕靄《もや》が辺りを領している。家々の窓に灯る黄色い光。中央に教会の尖塔。山の斜面の木々は、氷結して繊細なレース細工のようだ。

「魂が浄化されるようだわ。ここは、どこなの？」

「オーストリア国境に近い、スイスの村よ。交通の便が悪いから、昔ながらの風情が残っている所なの。でも、十五年も前のことだから、今はどうなっているかしらねぇ」

「これも、槙さんの作品？」

「ええ、そうよ」

写真家の槙恒明は菜穂子の恋人で、二十代後半からずっと付き合っていた。三年前、紛争地の子供たちの撮影に取り組んでいた時、ゲリラ兵に撃ち殺されたのだった。

「こんな静謐な魂の人だったのにねえ…。何でまた、紛争地なんかに…」

と言いかけて、藍子はすぐ口をつぐんだ。菜穂子の顔が硬くひきつっている。

「彼は夢見る人だったのよ。私もそう」

「そんなこと言わないでよ。現に、ちゃんと仕事をして、食べて、寝て、日常生活をしているじゃない。今はどんな仕事をしているの？」

「一か月前、イギリスの小説を訳し終わったところ。今はドイツの音楽家についての評伝に取り掛かったわ」

「すてきじゃない。そんな風に自分の才能を生かして個人の仕事ができるんですもの。主婦業なんて、言ってみれば賽の河原みたい。ちゃんとやって当たり前。それも、私みたいに子育てに失敗してしまうと目も当てられないわ」

「失敗なんて思わないのよ。長い人生の中の、ちょっとしたつまずきじゃない。あなたという人は、家族の中のかけがえのない存在なのだし…」

「ありがとう。家族があればこそ生きなくちゃ、と思うものね」

「私は、彼が亡くなってから自分の軸を失ったみたい。いつもふわふわしていて、自分の存在さえ定かでないの」

「旅行が大好きだったじゃない」

「彼と一緒の時はね。今、一人で行っても空しいだけ。風景が、夢や幻のように流れて行ってしまうの。心の中まで入ってこない。もう、行く気がしないわ。それに今の世界といったら、難民問題に頻発するテロ。この写真のような清らかな心のふるさとはもう無いのかも知れない。私の心は拠り所を失ってしまったの」

「そんなこと言わないで。私は、あなたが必要よ。家宅捜索の時、あなたに手を握ってもらっていてどんなに心強かったことか。生きた心地がしなかったもの。あの時、私をこの世界に引き止めていてくれたのは、菜穂子の手の温もりだったのよ」

コーヒーの豊潤な香りが漂ってきた。

「ここに来ると、心が安まるわ」

「私も、藍子がそばに居てくれると自分が自分でいられる」

菜穂子はミルフィーユとティラミスの皿をテーブルに並べた。

「言葉にすると、嘆き節みたいになるから、今、音楽をかけるわね」

沸き上がるような美しいソプラノが、部屋中に響き渡った。

「まあ、なんて胸を打つ調べなのかしら」

「『涙の流れるまま』という、ヘンデルのオペラアリアよ」

「私たちの気持ちそっくり…」

「胸の苦しみが、全部洗い流されていくみたい。音楽ができたらどんなにいいでしょうね」

ＣＤは次の曲を奏でていた。

「愛する人を奪われた女王が、〝この胸に息のある限り、私は泣き続けるでしょう〟と歌っているのよ」

「私たちも、どんどん泣いたらいいのね」

「そうよ、藍子。泣きたかったら、いつでもここに来て、思いきり泣いて！」

二人はほほ笑みを浮かべ、濡れた目で見詰め合った。曲は『歌に生き、愛に生き』に移っていた。恋人との仲を裂かれ、命も危うくなった歌姫が神に向かって切々と訴えるアリアである。

「〝悪いことは何もせず、貧しい人々に手を差し伸べてきた私が、なぜこのような過酷な運命に遭遇しなければならないのですか、主よ、主よ〟という内容よ」

「昔から、人間たちは不条理な運命に苦しんできたのね」

「だから、芸術が生まれるわけよ」

「そう考えれば…。私たちも、耐えられるかも知れないわ」

「正貴君を、一人にしないようにしましょう。私たちがいつも見守っている、と感じられるようにしましょう。私、彼に手紙を書くわ」

「私も毎月、必ず面会に行くつもり。誰にも言わないでいたけれど、夜明け前に神社に願掛けに通っているのよ」

「秀行さんも、不動の心で守ってくれていることだし…。気持ちは必ず通じるはずよ。蝶の羽が動いたって、地球の反対側まで影響がある、というから…」

音楽は止《や》んでいた。

「フラダンスの方はどう？　ハワイにでも行ってきたら」

「今はとても、そんな気になれない。でも、鬱病とか心の病は日照時間と関係があるんですって。それだと、ハワイで自然治癒するって聞いたわ。正貴が出所したらハワイに連れて行こうかしら」

新学期のフラダンス教室が始まった。咲子に会うのが鬱陶しかったものの、いつか正貴と行くハワイを思い描きながら藍子は教室に向かった。

駅から長く続く「動く歩道」からは青い入り江が見晴らせる。帆船日本丸が繋留されていて、その勇壮な姿が印象的だ。

教室のドアを開けると、咲子がすぐ目に留めて、「まあ、細川さん、お久しぶり」と、華やかな声で呼びかけた。ローズピンクの地に大胆な黒の花柄のドレスがよく似合う。そう言えば裁判の日、港で会って以来だ。咲子は前にも増して生き生きと若やいでいる。

「私ね、十二月初めから従姉妹のコンドミニアムに泊まらせてもらってハワイにいたの」

「まあ、うらやましい。ちょうど寒くて忙しい時期に、常夏の太陽の下でのんびりしていらしたのね」

「そう。正月休みには主人も合流して、命の洗濯をしたわ」

「あらあら、二度目のハネムーンね」

「このドレス、向こうで買ったのよ」

「どうりで、色彩感覚が違うわ」

藍子は更衣室に入り、紫と白のパウスカートに着替えた。おとなしすぎる。咲子に対抗してこの次は派手なオレンジの衣装にしよう。

定刻ぴったりに池内レーナ先生が姿を現した。上背のある、すきっと芯の通った立ち姿。長い黒髪が背中で揺れる。ハワイ生まれの日系四世だが、日本人の池内氏と結婚して今は東京に住んでいる。

「アロハ・オエ」の曲が流れる。十人ほどの生徒が緩やかにステップを踏み、しなやかに腕を揺らす。レーナ先生の動きが水際立って美しい。ややあって、先生はダンスを助手に任せて自身はアロハ・オエをハワイ語で歌い出した。艶のある美しい声だ。その場が浄化され、光に満ちていく。歌声は、爽やかな風のように流れ、真っ青な海の沖合遥かまで、波路が続くのが目に浮かぶのだった。彼方に去り行く恋人の姿、愛するものの行方《ゆくえ》。

アロハ・オエは、ハワイ王朝最後の女王、リリウオカラニの作になる悲恋の歌である。一八九三年、彼女はイオラニ宮殿の窓からホノルル沖に米軍艦が結集するのを見て、宮殿の青の間で最後の決断をした。ハワイはアメリカのものとなった。女王は宮殿に幽閉され、一九一七年に永眠する。失われ行《ゆ》く恋と祖国への深い哀惜の情がアロハ・オエの調べから切々と伝わってくる。今は、囚われの身の息子が、幽閉された女王の姿と重なる。

レッスン後、藍子はやっぱり咲子につかまってしまった。以前はお気楽な社交仲間だったのだ、藍子だって…。その仲間たちとお茶しながら、咲子の贅沢なハワイ自慢をたっぷり聞かされた。

二月に入った。年度末の決算に向けて社内の空気は張り詰めていた。秀行には、通常の業務に加え心を砕かねばならないことが多々あった。まずは部署内の決算報告である。勤務時間は大幅に超過していたが、もちろん管理職には手当がつかない。

数日来、心に引っ掛かるものがある。帳簿に操作されたような痕跡があった。長年の勘が架空請求を疑わせた。

出納課長の後藤田は、細川秀行が信頼を置いている部下である。部長補佐の自分が取りまとめたA社B社C社との契約を勘案してみれば、売上高は報告書の一・五倍から二倍あってしかるべきだった。帳簿上の支出高が多過ぎるような気がする。例年通りの、好調な黒字であってよいはずが、赤字転落とまではいかないが本年度の指標は伸び悩んでいた。秀行は取引先に次々に電話を入れた。書類を携えて相手方に赴き、確認する。出納課の不正は明らかだった。一千万円超の横領があったのだ。

秀行は後藤田を秘かに呼び出した。事を穏便に運ぶため、帳簿を正しく書き直して提出した上、どうあっても一千万円を工面して弁済するように、と言い渡した。後藤田は、真っ青になって震えながら、消え入るような声で「はい」と言った。

「上層部には黙っておく。そうすれば警察沙汰になることもないだろう」

難病の妻のために、医療費がかかるという。後藤田が気の毒になって、秀行はどうにか庇《かば》ってやりたいと思うものの、体内に爆弾を抱えた気分だった。

中《なか》三日置いて、後藤田に問うた。

「訂正はできたか？　金の工面は？」

「一体、何のことですか？」

と、彼はふてぶてしい態度で嘘ぶいた。

「この間の帳簿のことだ」

秀行も、つい大きな声できつく言った。

「あれは、部長に渡しました」

と肩をそびやかした。

秀行は慌てて部長室のドアをノックした。佐竹部長は、ゆっくりと、デスクから顔を上げて睨《ね》めつけるような目で秀行を見た。

「部長、後藤田課長が提出した帳簿のことで、疑わしいことが発覚したので…」

と言いかけると、

「私が見たところ何の不備はなかった。二日前に常務に渡してある。重役会議も通ったはずだ。君は、難癖をつけて責任問題で私を陥れようとするのかね」

秀行の背筋が凍った。佐竹の娘と後藤田の息子が付き合っているという噂が脳裏をかすめた。

「ところで、君の息子は犯罪者で監獄につながれているそうじゃないか。取引先に知れたらわが社の信用もイメージもガタ落ちになる。それについては上から人事命令が来ることになっている。ともかく、今の部署からは動いてもらわねばならない」

秀行は頭が強打されたように思った。屋上に出て、ベンチに倒れ込んだ。後藤田が佐竹に泣きつき、二人がグルになって不正のもみ消しに動いたのは明らかだった。後藤田に情《なさけ》をかけたばかりに…と、秀行は臍《ほぞ》をかんだ。それに、事もあろうに息子のことまで持ち出して…。入社以来三十年、会社第一に忠誠を尽くしてきた。その自分に対する報いが、これだとは…。

顔から血の気が引いた。頭は真っ白だった。信頼していた部下に裏切られ、全力で支えてきた上司に手のひらを返され、業績向上に少なからず貢献してきた会社に、にべもなく用済みとされるとは…。何もかも信じられない。自分は、一体何なのだ。今までの人生は何だったのか。

悔しさと空しさに全身が打ち砕かれる。発作的に屋上の手摺りを乗り越えようとしていた。二十五階の高さから、ミニチュアのような地上が見えた。目が回って思わず空を仰ぐ。青空の中に、妻の顔がぱあっと広がった。秀行は我に返った。

家に帰っても、秀行は何も告げなかった。憔悴しきった夫の顔を見て、あえて問いただそうとはしなかった。藍子は、ただならないものを感じたが、藍子は、あえて問いただそうとはしなかった。さり気なく食卓を整え、包み込むようなやさしい笑顔を夫に向けた。藍子の顔が空に浮かんだのは、偶然ではなかった、と秀行は思う。

人事異動が発令され、秀行は横浜にある関連施設に配置換えになった。次期部長と目されていた細川秀行の左遷に、周囲は騒然となった。山手通りにある、同窓会館の館長である。窓際族か！　秀行は屈辱を覚えた。怒りが込み上げて、辞表を叩きつけたかった。だが、他に職探しをしたところで、五十過ぎの身にはマンションの管理人か夜間のガードマンの口ぐらいしかない。これでは収入が激減する上に身分の保証もないのだ。辞表も出せず、秀行は歯がみした。

引き継ぎを終えた三月下旬、秀行は五日間の休暇を取った。鎌倉の山に籠もって参禅するためである。ここに至っては、藍子に事のあらましを話さないわけにはいかなかった。

北鎌倉で下車する。杉並木の参道を進むうちに、ささくれ立っていた心が静まってくるのを感じた。鎌倉五山ほど有名ではないが、格式ある古刹である。管主は秀行の父の親友で、子供の頃の秀行をよく知っていた。父の葬式の時以来だから、二十年ぶりになる。無沙汰を詫びると、

「まあまあ、秀行さん。ようお父様に似てこられましたなあ。お懐かしゅう存じます」

と、柔和な笑顔で迎えてくれた。

僧坊に案内される。松籟に伴われて渡り廊下や広縁を歩く。下界の日々が遠ざかる。生き馬の目を抜くような、激戦の明け暮れが嘘のようだ。「ここに来てよかった」と思う一方、そのように運命づけられていた気もするのだった。

箱膳で供せられた一汁一菜の昼餉を頂く。身内が涼やかに引き締まり、背筋が伸びるように感じた。管主から、参禅に関するいくつかの注意や指導を受けて、二時から禅堂に入り、結跏趺座の姿勢を取った。

堂内に満ち渡っているのは、静寂であった。半時ほど座り、合間には庭掃除などの作務を行う。指導するのは雲水である。修行者数人と共に禅定することもあり、時には、秀行一人のこともあった。

正中線をしっかり立てて、丹田に気を集めて、深い呼吸をする。吐く息を長くして、数《すう》息観《そくかん》を行う。いろいろな思いがとつおいつ浮かぶものの、それに把われないようにと指導された。

思いを〝流す〟、あるいは〝手放す〟ということが次第にできるようになると、ここ何年も味わったことのない自由闊達な気分になった。無意識のうちに価値を置き、後生大事に抱えていた思いを一つ一つ手放すたびに、心の自由度が増した。空《あ》いた場所を満たしたものは、幸福感であった。

至上命令だった出世、エリート家庭の体面などに知らず知らず自縄自縛になっていた。そのことに今さらながら気づくのだった。手放すたびに、ガチガチに固まり、ささくれ立っていた心が柔軟性を取り戻し、海綿が水を含むように、しっとりと拡がって行く。

庭帚を使いながら寺の裏山を見上げると、そこここに桜が三分咲きくらいになっている。鳥の声が清らかに谺《こだま》していた。何十年ぶりだろうか、春の訪れを、こんな静かな心持ちで迎えるのは…。

五日目の法話の後で、管主が秀行に声をかけて少し残るように言った。

「御修行の進み具合は、如何ばかりかな、秀行さん？」

「おかげさまで、生まれ変わったようでございます」

「左様ですな。外からも見て取れますよ。来なさった時は、たいそう憔悴しておられて、何ぞあられたものと思っておりました。今はすっかり落ち着かれて、血の巡りも、気の巡りも良くなられましたな。お差し支えなかったら、事の次第をお話しくださらんか。父上もあの世で心配なさっておられよう」

はらわたが煮えくり返って妻にも話せなかったことを、この父の親友には打ち明けることができた。それも、今の心境であればこそである。

老師は静かに耳を傾けていたが、聞き終わると慈愛に満ちたまなざしで、しばし秀行を見詰めていた。秀行は、温かいものに全身が包み込まれていくのを感じた。ややあって、老師が口を開いた。

「さぞ、おつらかったことでしょうな…。しかし、こうも考えられんでしょうか。陥れる者の方でなく済んで良かった。偽る者の方でなくて良かった。盗む者の方でなくて良かった…とは。人間の足場は脆くて、一歩踏み違えれば悪い方に滑り落ちてしまうものです。父上が、そうならないように守って下さったのですね」

秀行は目が開かれた思いがした。闇から抜け出したとはいえ、まだ薄雲っていた心にところどころ晴れ間が兆《きざ》している。亡き両親をはじめ、先祖の守護を思った。彼らの守りは必ずや、正貴の上にもあるに違いない。

五日間の休暇に土日を加え、七日間の修業を終えた秀行は老師に篤《あつ》く礼を述べて山門を出た。

帰路は、鉄道駅には出ずにハイキングコース経由で山越えをし、わが家のある横浜の高台に向かうことにした。昼日中、若草の萌える小径を辿る。頭上は緑の天蓋である。葉群を透かして射してくる木漏れ日が、明るく暖かい。ウグイスの鳴く声や小鳥たちの歌声が楽しい気分を醸し出す。もう俺は大丈夫だ、と秀行は立ち止まって深呼吸した。藍子、正貴、待ってろよ。俺が必ず、お前たちを守ってやるからな。

そこ、ここに点在する桜は、もう八分咲きになっていた。ふと、この道を幼い正貴を連れて、親子三人で歩いたことを思い出した。あんな、幸せだった日々もあったのだ。

すくすくと素直に成長して、頼もしく成人してくれるとばかり思っていた一人息子の転落。有能な社員として順調に出世してきた自分に突然降りかかった陥れ工作。こんな人生が待っていただなんて…。だが、ここで踏みこたえなければ妻子はどうなる？　秀行は禅寺での清新な魂の蘇生を想い起こして、山中の大気を胸一杯に吸い込んだ。

新年度に、秀行の籍はN商事本社にはなく、子会社のN会館に移っていた。N会館は社員やOBのための文化施設である。秀行が就任したのは横浜分館の館長ポストだった。

ＪＲ石川町駅で下車し、長い急坂を上って山手本通りに出る。瀟洒な洋館が立ち並び、教会のチャペルが散見される道だ。木の間越しに遠く港も見える。西洋の絵本のような光景に、秀行は少年の日を想った。

九時半に会館のロビーに入った。副館長、守衛、スタッフ三人が整列して秀行を出迎える。館長室に案内されると、定年を迎えた白髪の前任者が待っていた。十五分ほどで引き継ぎが終わる。彼は、肩の荷が下りた様子でそそくさと出て行った。

副館長はベテランの中年女性で、全館の設計図や運営などをはきはきと説明する。

「常勤は、私と守衛の沼田勉君だけです。彼は二十五才の若者で、力が強いから頼りになりますよ。スタッフは皆パートで一日当り三人、延べ十八人います。会議室などの担当で、懇親会の食事を外注したりもします。全体のマネージメントは私がやっております。年間計画や催し物の差配、本館や本社との連絡、問題発生時の対外折衝などは館長の御責任となります。ロビーの奥にカフェがありますが、ここはテナントとしてH珈琲店を入れています。今、沼田君を呼びますから彼に館内を案内させますね」

日に焼けた頑丈そうな若者が入ってきた。明るい目と真っ白な歯が印象的だ。彼に案内されて二階建ての会館全体を見て回る。大・中・小会議室、計六室、図書室兼展示室、スタッフ室等々。清掃員は別注で、清掃会社から派遣されるという。万事円滑に運んでいるようだ。

館長室に戻り、数年分の書類や資料に目を通した。おおかたの業務内容や年間の経緯などが把握できたと思う。書類や冊子を本棚に返し、大きく背伸びした。縦長のフランス窓から樅の大枝が見えている。

デスクに戻り、弁当を広げた。社員食堂もなし、近くに適当なレストランもないだろうと藍子が作ってくれたものだ。鮭のムニエルや卵焼き、ポテトサラダ、胡瓜の糠漬けなどが彩り良く並んでいる。妻の手の温もりが感じられて、思わず頬が緩んだ。

午後は五月に行われる講演会の打ち合わせのため、主催者側三人の来客があり忙殺された。開会あいさつを館長に頼む、と言われて面喰らったが、やらずばなるまい。

夕方六時に会館を出る。まだ、一つの会議室が懇親会中だったが、守衛の沼田に任せた。彼は九時の施錠まで勤務している。秀行は、家路を辿りながらみじめな気持ちになっていない自分が不思議だった。

帰宅して、五色に彩られたちらし寿司の膳に向かう。藍子が、グラスを上げて、

「初出勤おめでとう」と言った。

「ありがとう。弁当、とてもおいしかったよ」

「初めてのことが多くて、大変だったでしょう。御苦労さま」

「うん。常勤の部下は二人しかいないけれど、とても良い人たちだ。山手通りは気持ちがいいし、何とかやっていけそうだよ。しかし給料が半減してしまって、君には苦労かけるなあ」

「あら、そんなこと、どうにでもなるわ。スーツはもうしばらくあつらえなくていいし、お弁当なら外食費は要らないでしょう。それに、この四月からカルチャースクールの絵画教室をもう一つ持たせてもらえることになったの。フラダンス教室はやめたし…」

「君ってすごいなあ。今までもそうだったけれど、その場その場で実に柔軟に対処するんだねぇ」

「あなたほどじゃないわ」

正貴が出所するまであと一年半。何としてもいまの時期を乗り切らねばならない。あの子が帰って来る場所であるこの家を、この船を、沈没させてはならないのだ。夫婦は、それぞれに心に誓った。

菜穂子は一週間というもの、机の前に座りっぱなしだった。翻訳の締め切りが迫っていたのだ。集中力と根気が際限なく要求される仕事である。ついに、頭の芯が痺れて目もかすんできた。ペンを投げ出してベランダに出る。と、遠景の緑の中に霞のような薄紅色が出現しているのだった。

数日見ないでいるうちに桜はもう満開になっている。この時を逃すわけにはいかない。仕事は一時忘れることにして、裏手の山の中にある、城跡公園に向かった。あまり知られていない桜の名所で、山道をかなり登るので訪れる人も限られている。細い山道は両側を鬱蒼とした竹林が覆っていて、昼なお暗い。やがて一の丸広場に出た。桜の巨木が周囲をかこんでいる。更に山道を進むと、奥の院とも言うべき桜の園が現れる。菜穂子はこれを・・・・・秘密の花園と呼んでいた。

数本の大樹の枝ぶりが見事で、青い天涯を限って、薄紅色の花が溢《あふ》れ咲いている。園の中ほどには比較的低い並木があって、おびただしい純白の小花をつけている。若緑の葉群とのコントラストが目に爽やかである。透明な光と、温かな静寂。菜穂子は、木陰に腰を下ろした。そよ風が頬をなでる。花吹雪が、きらめきながら横に流れた。

次の瞬間、滂沱の涙で何も見えなくなった。槙と初めて出会った時の情景が、まざまざと目に浮かぶ。

二十年以上も前のことだ。ちょうど、こうやって桜の木の下に座っていた。暖かな陽光を浴びて、身も心も溶けていくようだった。ひとりでに歌が、口をついて出た。小鳥たちの声が、それに和す。心が高揚して、思い切りソプラノを空に響かせた。

その時、白い桜の木陰から、一人の男が現れた。カメラと三脚を持っており、三十才前後かと見えた。菜穂子はドキリとして身体がこわばった。

「やあ、こんにちは。驚かせてごめんなさい。透明な、良いお声ですね。小鳥のように、空へ高く高く上って行くので、聞きほれてしまいました」

男は近づきながら闊達な口調で言った。菜穂子はたちまち真っ赤になった。

「私、一人だと思っていたもので…。すみません」と、しどろもどろに言った。

「いえね。草の上に寝そべって、青い空とそれを縁取る白い花を撮影していたんですよ。隠れていたわけではありません」

男は数歩離れた木の根元に腰を下ろし、リュックからペットボトルを二本取り出した。一本を菜穂子に、とても自然な仕草で差し出して「どうぞ」と言った。何か断るのが悪いように思われて、礼を言って受け取ってしまった。

「深山の桜の園ですね。こんなところがあったなんて、知りませんでした。お近くなんですか?」

「ええ」

「僕は写真家なんです。今日はとても良いものが撮れました。実は、間もなく銀座のギャラリーで個展をやるんです。見てくれますか?」

彼は、スクラップノートから一枚のチラシを取り出して、彼女に渡した。「槙恒彦写真展・樹々をわたる風」とあった。

「まあ、有名な方なんですね」

「いやいや。それでも、やっとカメラで食べられるようにはなりました。何でも十年はかかりますね。で、あなたは何を?」

「家で翻訳の仕事をしています。人見知りなもので…」

その時、やさしい風が吹いてきて、花吹雪が舞った。光の濃淡が揺れて、薄紅の花びらがきらめきながら流れて行くのを、二人は目で追った。それから、どちらともなく顔を見合わせてほほ笑んだ。

「こんなひとときは、人生にそうはないですね」

槙は、引き締まった面差しに、深い瞳の色を見せて言った。

「でも、陽のあるうちに次の撮影スポットに向かわなければならないので、これで失礼します」

がっしりした背中を見せて彼は小径に向か

い、雑木林の中に姿を消した。今の人は幻影だったのだろうか。だが、写真展を報《しら》せるチラシが菜穂子の手の中に残っていた。

涙でかきくもった目の中に、若々しい槙恒彦の姿が浮かぶ。あれから二十三年経っている。共に過ごした二十年の歳月。あれほど身近な存在だったのに…。彼はもう、遥かに遠い別の世界の住人だった。来る年ごとに桜の花は同じように咲くのに、人は移ろい、変化してしまう。

思えば、彼は春の陽の光だった。彼女の凍りついた魂を溶かすことができたのは、この光だけだった。少女時代から、菜穂子は外界を嫌悪し、人間に恐怖を覚えていた。人前では身体《からだ》がこわばって、言葉も動作も思うようにならない。能力の十分の一も発揮できず、失敗ばかりしていた。だから、一人でコツコツとやれる翻訳の仕事を選んだのだった。

四月下旬に翻訳原稿が完成し、出版社に引き渡してしまうと、菜穂子は久しぶりに開放感を味わった。窓の外は新緑に埋まっている。外出せずにはいられない。

ＪＲに乗って、桜木町で降りる。動く歩道に立つと、もう右手は青い海である。と言っても入り江だが、繋留されている帆船日本丸の姿が印象的だ。両側に高級ブティックの並ぶランドマークプラザを通り抜ける。更にクイーンズスクエアを通過する。共に五階分を越える高い天井を持つ、ガラス張りの空間である。国際会議場パシフィコの傍《かたわ》らに着く頃には、かなりの距離を歩いている。やがて、緑の芝に覆われた、緩い斜面に出る。その先は海だ。欄干にもたれると、すぐ足元まで波が来ている。一望のもとに横浜港が見渡せた。水平線に白く浮かんでいるのは、レース細工のように優美なベイブリッジ。手前の大さん橋には豪華客船が碇泊している。

菜穂子は、芝生に座って果てなく続く空と海を眺めた。いつの間にか白い鴎の群れが現れ、まなかいを旋回している。それは、純白の鳥の姿をした恋人の魂のようにも思われた。鳥たちは、無窮の空に翔《か》け上ってはまた菜穂子のもとに舞い下りてくる。何て自由な、広々とした魂なのだろう。こんな風になれたら…。舞い踊れたら…。

ふと脳裡に、藍子の踊る姿が浮かんだ。そう言えば、彼女、ここのカルチャースクールでフラを習っているんだった。行ってみようかしら。たしかレーナ先生のクラス、とか言っていたわ。

探し当てたスクールで聞くと、今日が丁度、レーナ先生のレッスン日だった。開始から三十分経《た》っていたが、菜穂子は見学することにした。

鏡を張り巡らした広い教室に、緩やかなハワイアンの曲が流れている。色とりどりのパウスカートを揺らしながら、一同がいかにも気持ちよさそうに踊っている。一目でそこに藍子がいないことは分かったが、菜穂子は静かに見学を続けた。寄せては返す波の響きのような音楽とやわらかな動作、まどろみを誘うような情景だった。

目から鼻へ抜けるような知性の渡り合う所、と言えば聞こえがよいが、出版メディアとは生き馬の目を抜く激甚な世界である。男社会とたった一人で対峙しているから、いつも一騎打ちのように緊張している。週一回ここに通ったら、ギスギスした今の生活にも潤いが出てくるかも知れない。

その時、レーナ先生がハワイ語でチャントを唱え始めた。その場に清浄の気が満ちた。天空から光が降り注ぐようだった。

帰宅して、藍子に電話した。

「今日、レーナ先生のフラ教室を見学したのよ。あなたに会えると思ったのに、いらっしゃらないから…。どうかなさって?」

「あら残念! ご一緒できるとよかったのだけれど。私、三月でお教室やめたのよ」

「まあ、どうして? あんなに楽しそうに通っていらしたのに…」

「事情があるのよ。正貴のことだけじゃなくて。主人の部署が変わって収入が半減してしまったの。絵画教室の回数は増やしたのよ。パートもやらなくては、と考えているの」

「ええっ、そうだったの。知らなくて、ごめんなさいね。ずいぶんご心痛でしょう。お時間のある時、うちに出掛けていらっしゃらない。お慰め会をしたいわ」

「ありがとう。それはそうとフラは楽しいわよ。とても奥が深いの。ハワイ王朝のことやポリネシアのスピリットも、そのうち分かってくるわよ。レーナ先生が体現していらっしゃるの」

「そうよね。お教室にいるうちに、身体の芯からリラックスした感じがしたわ。何か、神秘が隠されていそう。楽しみだわ」

「私、いつかハワイに行ってみたいの。正貴を連れて…。何かが変わりそうな予感がするのよ」

菜穂子は週一回、フラ教室に通うように

なった。人見知りの彼女は、レッスン後のお茶に誘われても最初のうちは口実を作って逃げていた。

ほとんどが中年以上の女性だった。やっと自分の時間が持てるようになったのだろう。皆、花のように開くパウスカート姿で、笑いさざめいていた。生活の苦労など無さそうに見えた。中でも、取り分け華やかなのが咲子だった。派手な顔立ちに長い手足、明るい声で、歌うような話し方をしていた。

「私とは全く対極の人だわ。私は、暗く淋しい世界の住人だのに。でも、そんなところが正貴君と相通じるのだから。それはそうと、藍子を招待する日取りを決めないと…」

季節は六月に移っていた。

「もしもし、藍子さん、お元気？　お忙しいでしょうけど、いつかうちにいらっしゃれる？」

「菜穂子さん、ありがとう。お元気そうでよかった。来週の月曜日が空いているのだけれど、あなたのご都合は？　よかったら、私の所にいらしていただけるとありがたいのだけれど。庭が紫陽花《あじさい》の盛りで…。今年はアナベルという白い新種が見事なの。お見せしたいわ」

「まあ、よろしいの？　それは、お宅の方が庭も広いし、伸び伸びするわ。じゃあ、お昼の食事やら何やらお持ちするから、何も用意なさらないでね」

「来て下さるの？　嬉しいわ。楽しみにしているわね」

月曜日、菜穂子は三角巾で髪を覆って、朝から大わらわだった。ローストビーフや卵、トマト、レタス、ポテトを入れてクラブハウス・サンドイッチを作っている。普段は三十分以内で作れる簡単な料理しかしない彼女にとって異例なことだ。出来上がりを大型タッパーに入れ、冷蔵庫からロゼワインを取り出していそいそと出かける。JRに小一時間乗って、高台の駅に着いた。花屋の前で思案する。藍子の慰めになる花はどれだろう。ピンクのバラと霞草を取り合わせて、花束を作ってもらった。

美しい植え込みや花壇に囲まれた邸宅が立ち並ぶ通りに入る。折りに触れ、藍子を訪ねてこの閑静な界隈に足を踏み入れるのも二十年になる。そう言えば、この前来たのは正貴の逮捕の時だった。平穏だったはずの細川家は、あの前後から激震に見舞われ続けなのだ。

玄関のベルを押すと、すぐに扉が開いて藍子がいつものやさしい笑顔で迎えてくれた。目元は静かだが、思いなしか痩せたように見える。

居間のガラスドアの向こうはしたたるような緑だった。その中に、純白のアナベルのたわわな花房が混じる。奥の木立ちには夏みかんが実っている。何という平和な情景。いくつもの悲劇があったとは、想像もつかない。

「いろいろ大変だったのでしょう。三月四月は翻訳の締め切りに追われていて、連絡もしなくて、ごめんなさいね」

「心配してくださって、ありがとう。でも、もう山は越えたし、秀行さんも私もそれぞれ新しい生活が軌道に乗り始めているから、大丈夫よ」

「藍子さんたら、そんなに落ち着いて…。健気《けなげ》な方よね」

「いろいろ経過報告は、お昼をいただきながらにしましょう。怨みつらみが出てきそうだけれど、おいしいものが口に入っていたらそんなものも薄まるしね」

テーブルには、藍子特製のラタトゥイユが湯気を立てている。

「このサンドイッチ、最高！」

「絶品だわ、このラタトゥイユ！」

二人は同時に言って、顔を見合わせて笑った。

「おいしいものを食べると、本当に幸せになる」

「そうなのよ。おいしいものを食べながら絶望しているわけにいかないじゃない。だから、秀行さんのために料理にありったけの情熱をかけるの。せめて食事の時くらい、憂さを晴らしてもらうためにね」

「で、どういうことだったの？」

藍子は、かいつまんで会社での経緯を話した。

「まあ、どんなに無念だったでしょうね。それに、上の決定に反論もできなかっただなんて…」

「憔悴して、黙り込んでいるようなことはあったけど、私には言わないで耐えていたのね。何かあったとは思ったけれど、彼が言い出すまで待っていたの。三月末に、鎌倉の山に籠っていたのよ。帰って来たら以前より明るく清々していたのには、ほっとしたわ。彼の精神力には本当に頭が下がるわ。それも、私や正貴への愛情からくるのね」

「藍子さんの心の穏やかさだって、私には奇跡に思えるほどよ。さすが、秀行さんの伴侶だけあるわ」

「だって、この三角形《トライアングル》の一角でも崩れたら奈落の底ですもの」

この家の、平和な静けさを保っているのは想像を超えた高密度のエネルギーなのだ。

「お慰めに来たつもりが、反対に私のほうが気力《エネルギー》をもらっているわ。あの白い紫陽花、花嫁のウエディングドレスみたいね」

「ほんと、清浄な六月の花嫁《ジューンブライド》よね」

穏やかな日常は、どんな悲劇もやさしく包み込んでしまうのだろう。

「正貴君の方は、どんな具合？　お父さんやお母さんに会えなくて、淋しいでしょうね」

「何とかやっているようだわ。一つ良いことには、クスリが抜けて、ずいぶん落ち着いてきたみたい。以前の、自暴自棄な雰囲気はなくなったわ」

「危機は脱したのね。私も、ほっとしたわ」

「毎月、那須まで面会に行っているのだけれど、そのたびに顔色が良くなってきているの。この間は、『聖書』を差し入れてきたわ」

「まあ、聖書！　藍子さん、いつからクリスチャンになったの？」

「いいえ、まだよ。でも、近くの教会の勉強会に出るようになったの。何でも、牧師先生がおっしゃるには、イエスさまは罪人を救うためにこの世にいらした、のですって。私、正貴に救われてほしいのよ」

「秀行さんは何ておっしゃってるの？」

「反対はしないわ。でも彼は、座禅で心の平安を得るタイプよ」

「ふうん。私、宗教は分からないけど…」

「ねえ、二階のクローゼットの一つがフラの衣装で一杯なの。もうしばらくは私使わないから、菜穂子さん着てくださらない」

二人は二階へ移動して、ドレスを引っ張り出し、鏡の前で当ててみたりしてひとしきりはしゃいでいた。

「ほら、気に入ったのを着て、二人で踊らない？　音楽をかけるわ。私、久しぶりだし…。レッスンに出られない分、ここで練習したいの」

ハワイアンの曲をかけて、気ままにステップを踏む。寄せては返す音の波に乗って、無心に身体《からだ》を揺らしているうちに、いつしか悩みは棚上げされている。音楽は十曲も続いた。初心者の菜穂子の方が音《ね》を上げて、笑いながらベッドに倒れ込んだ。

「じゃあね、菜穂子さん、この中からひとまず三着ぐらい選んで持って帰ってちょうだい。当分、間に合うわ」

「どうもありがとう。これを着て、落ち込んでは大胆な色使いでしょう。これを着て、落ち込んではいられないわね。ところで私、この夏ハワイに行ってみようと思っているのよ」

「あらまあ！　始めたばかりなのに、もうハワイに憑《つ》かれてしまったの？」

「いえね、出版社から今度は旅行記とかエッセイとか、そういうものを書いてみないか、って言われているの。もう翻訳には疲れ果ててしまっていたから、本当に良い機会だわ。先だって、ドイツの音楽家の評伝を訳し終わったところなの。これで、翻訳は卒業しようと思って…。他人の文章に、つまり他人の思考に頭を乗っ取られるってつらいことよ。これから自分の文章を書けると思うと、嬉しくてしょうがないわ。今、よく知っているドイツやスイスの旅行記を書いているの。

北国のロマンチシズムってとこかな。で、次は南国の光と風に心が向いてしまうのよ」

七月初め、菜穂子は白いパンツスーツ姿でホノルル空港に降り立った。梅雨空の東京とは打って変わって、涯《はて》なく広がる青空が眩しかった。ヨットハーバーに近いホテルの、四十階の部屋からは、水平線まで遥かに続く、滑らかな海面が望まれた。

カヴァーをかけたままのベッドに仰向けになって見上げると、壁面一杯、天井まで届くガラス越しに大空が広がっている。三時頃到着して、どれだけの時間ぼんやり空を見上げていたのだろう。青空の縁にあった白雲がオレンジ色になり、茜色になり、ブルーグレーになり、刻々と色彩のパノラマが展開していく。やがて、ヨットハーバーに灯《あかり》がともり出した。

菜穂子ははっと我に返り、食事に行かなくては、と思った。バスを使ってから、ペールグリーンのオーガンディーのワンピースに着替えてダイニングへ下りて行った。

菜穂子はその夜、何年かぶりで、深く深く眠った。子供のような眠りであった。

翌朝、近くのレンタカーセンターで赤いポルシェを借りた。ワイキキビーチやセントラルストリートなど、いかにも観光地然とした地域は避けた。あまり人の行かないノースショアに向けて、フリーウェイをひた走る。やがて、見たこともないほど美しいマリンブルーが視界に入ってきた。

菜穂子は、パーキングに車を入れてビーチパラソルを借りた。真っ白な砂浜は、清浄なままどこまでも続いている。まばらな水浴客は遠くに散見されるだけ。からっと明るい南の陽光がキラキラと降り注いでいる。

パラソルを開いて腰を下ろす。目の前に広がるエメラルド色の海。こんな甘美な情景は今まで遭遇したことがなかった。シュノーケルを着けて泳げば、海の底の底まで見えて、赤、黄、青の魚たちが万華鏡のように回転するのが見えるだろう。

先ほど、大柄な若い母親と歩いていた幼い女の子が一人で波打ち際に立っている。花模様の小さな水着の肩のところには二つの円筒形の浮輪がくくり着けられていて、溺れる心配はなさそうだ。絹糸のような金色の髪をなびかせて、一心に水平線を見詰めている。ぽちゃぽちゃの小さな身体《からだ》。余りに愛らしくて抱き寄せたくなる。誘拐犯と間違われては、と菜穂子は必死に衝動を抑えた。

透明な時間が、ゆったりと流れて行く。金色の蜜で出来ているかのように、身体全体が重たい。横臥していると、目も半分閉じてしまう。

視界の端から、夢のような情景が流れ入るのだった。ゆっくりと海面を滑る、双頭のカヌー。美しく彩られた船は本物だった。逆光になって顔立ちは見えないが、若々しい人影が、逞しい腕でパドルを操っている。満ち溢れる生命力の化身だった。沖合いでサーファーたちが白い波と戯れている。

ふと気づくとさっきのチビちゃんが浜辺を退場するところだった。豆粒のような彼女は、大木にセミさながら抱かれている母親の肩越しに、菜穂子に向かってひらひらと手を振っていた。

それからしばらくして、菜穂子もここを立

ち去ることにした。駐車場に続く林の中では、家族連れが三々五々バーベキューを楽しんでいる。彼女も空腹を覚えた。

ポルシェを駆ってフリーウェイを走り、ワイキキのメインストリートに到着した。ノースショアとは打って変わって超高層ビルが林立する。浜辺を見晴らすイタリアン・レストランに入った。

真っ白な室内に、赤いクロスをかけたテーブルが並んでいる。テラスに面した席に落ち着いたかと思うと、「片山さん、片山菜穂子さん」と呼びかけられた。びっくりして振り向くと、安藤咲子が近くのテーブルに居て、大輪の花のような笑みをこちらに送っている。いずれ劣らぬ派手な数人の男女に囲まれていた。

「まあ、安藤さんもこちらにいらしたの？皆さんで、お楽しそうね」

「ええ、私たち、もう食事が終わるところ。そちらに行ってもいいかしら？」

「ええ、どうぞ」

咲子はテーブル仲間に少し言い訳をし、ウェイトレスに自分のコーヒーはあちらに運ぶように命じてから、菜穂子のテーブルに移って来た。

「いつからこちらに？」

「昨日着いたの。今日はノースショアに行っていたのよ」

「私は一週間前から。この近くのコンドミニアムを購入したから、一か月くらいはゆっくりしようと思っているの。そうだ、お食事が済んだら、うちにいらっしゃらない？」

「うわあ、いいの？　セレブのリゾートライフなんて、垣間見せていただきたいわ」

そこへ、白ワインのグラスとシーフードサラダが運ばれて来た。

「ノースショアって、海亀が産卵する静かな浜辺でしょ」

「そう。この世ならぬ別世界ってあるのね。自分がこせこせしていたのがバカらしくなったわ。あの海や空の果てまで、私という存在が無限に広がって行く気がしたわ。安藤さんは毎日、どんなことをなさっているの?」

「マリンスポーツやゴルフ。それにショッピング。カフェやプールサイドで友達とおしゃべりしたり…。すっかり羽を伸ばしているの。でも一つだけ、ちゃんとレッスンしています。みなとみらい教室のレーナ先生に紹介していただいて、こちらで本物のフラの先生についているのよ」

「まあ、すてき!」


咲子について、うわさには聞いていた。夫は一流会社の役員。息子は国立大学に現役で合格。娘は有名私立高校に通っている。一家は山手の高級住宅街に住んでいる、等々。順風満帆の絵に描いたような暮らしである。自分とはまるで縁のない生活に触れてみるのも、これから文章を書くには役立つだろう、と菜穂子は興味深げに咲子の話に聞き入った。咲子にはコーヒーが、菜穂子にはビーフと鮑《あわび》のステーキが運ばれてきた。

「丁度よかったわ。四時から先生がうちに来てくださるの。二人して、レッスンを受けないこと?」

「本当? 何て幸運なのかしら」

咲子の仲間たちはあいさつしてレストランを出て行った。金髪や黒髪や赤褐色や、人種も年齢もさまざまな人たちだった。

「ヨットのグループなの」

「みんな、よく焼けているわね。スポーツマンらしく明るいこと」

咲子の住まいは、真っ青な海を見晴らせる広々としたフラットだった。しばらくくつろぐうち玄関のベルが鳴り、現れたのはネイティヴ・ハワイアンの女性だった。「ローラ先生よ」と咲子が紹介した。レッスンが始まる。カタコトの日本語で、「コレハナミ」「コレハ、ハートデス」「ヒダリへ」「マエへ」と指示が入る。

褐色の長い手足、強靭な胴体が奏でる滑らかな律動は、この世のものとも思えない。その動きに合わせてステップを踏んでいると、別の次元に運ばれて行くようだ。

一時間ほどでレッスンは終了し、咲子がキッチンに立って行った。その間、菜穂子がローラに英語で話しかけてみると、こちらは実に流暢だった。

「どちらにお住まいなんですか?」

「ここから車で三十分ほどの山の中です。周りは原生林で、二階のウッドデッキからは遥か遠くに海が見えます」

「ご家族は?」

「一人です。犬がいます」

「お仕事以外は、どんなことを?」

「庭木の手入れをしたり、森で摘んだラズベリーやクランベリーでジャムを作ったり…。あと、瞑想をしています」

先ほどから、菜穂子の心にはどんどん興味が沸いてきた。四十代と思われるローラの森の生活に触れてみたい。彼女の神秘の一端なりとも、知りたくてたまらなくなった。

「ご自宅でレッスンは、なさらないのです

か？」

「割に不便なところですから、普段はホノルルの町まで出てきて市民センターや個人のお宅でレッスンをしているのですが、お望みとあれば家にいらしてくださっていいですよ」

「ぜひお願いします。十日ほどこちらに滞在しますので、その間、集中講義を受けたいですわ」

ローラは、カードにアドレスと電話番号、簡単な地図を書いて、菜穂子に渡した。玄関のベルが鳴って、もう一人の訪問客が加わった。背の高い金髪の若者で、先ほどレストランにいた仲間の一人だった。

四人は、洋酒シロップの中に色々なカットフルーツが浮かんだコンポートを囲んで座った。アイスティーのポットが回される。ヘンリーはカヌーの航海術《ナビゲーション》を習っていると言う。菜穂子は、ヘンリーの言った言葉が忘れられなかった。

「ナビゲーションの本質は、女性性なのです。つまり、〝受け入れる〟ということです。ポリネシアの航海術の考え方は、〝舟が進む〟のではなく、〝周囲《まわり》が動く〟のです。空が動き、地球が動く。すべての情報は、天体が動くに連れて自分に向かってやって来る。これをどう受け止めていくか、それが航海上に求められることなんです。僕はこれまで、自分から積極的に動き闘うのが男らしく良いことだとばかり思っていたから、目が覚める気がしました。確かに、古代には羅針盤もモーターも無かったんだし…」

翌朝十時頃、菜穂子はローラの家を訪ねた。原生林の中、やっと車一台が通れるような細い道を辿って目的の山荘の建つ丘のふもとに着いた。車を下りると、丘の上に愛犬のゴールデンレトリバーを従えたローラの姿が見えた。木々の間を、色鮮やかな小鳥たちが鳴き交わしながら飛び回っている。ふもとから山荘まで続く緩い斜面は、美しく手入れされた緑の芝生で覆われている。

玄関に入ると、すぐ三十坪ほどのリビングが現れる。四方に穿《うが》たれた大きな窓の外はまばゆいばかりの緑である。奥の方にはアイランド型のキッチン。パッションフルーツのジュースが供された。

「フラは、どんな曲を覚えたいの?」

「一般に流行しているようなものとは別のもの。人目を引きつける華やかなものではなくて、古代から受け継がれている…」

「あなたは、フラの本質というか源泉を知りたいのね」

「そうです。昨日咲子さんのところで拝見して、あなたこそそれを体現しておられると思ったものですから。無理をお願いして…」

「そういうことに興味を持って下さる方はめったにいないのよ。皆さん、華やかさとか娯楽性とかをフラに求めるのね。それはそれでいいのだけれど」

「あなたのフラには、素朴な宗教性を感じるんです」

「フラとは、もともと神へ捧げるものだったのよ。自分の魂を捧げることで、神と交信ができたのだわ。こうやって、神、つまり宇宙の本源とのつながりについてあなたと話せるなんて、今日は何て幸せなんでしょう」

「チャントやフラの中心は、ナビゲーションの奥義と一体だ、と昨日ヘンリーが言ってました」

「じゃあ、まず、スタジオの真ん中に立って、場を清めましょうね」

ローラは艶のある力強い声で、チャントを朗唱し始めた。その場の気が、光や風、葉群の香りを含んで無限に広がっていく。ダンスが始まった。素朴で、原始の魂が宿るような動きだ。ぎこちない菜穂子の仕種《しぐさ》も、ローラの滑らかな動きに合わせているうちに場の空気に溶け込んでいった。全身が精霊に満たされる。庭へ、空へ、海へ、と飛翔する。

どのくらい時間が経ったのだろう。ローラのステップが緩くなり、やがて止まった。

「ナオコ、よくついてきたわね。さあ、休みましょう」

ローラは振り返り、上気した顔をほころばせた。菜穂子は大きな人生の場面を遣り遂げたかのような充足感を覚えた。人見知りの自分が、初対面とも言える女性にこれほど親しみを感じるのも不思議だった。まるで自分と出会っているようだ。褐色の豊満な身体《からだ》と、外見は全く異なるのに…。

二階に案内される。ウッドデッキに出ると、原生林を越えて遥かにエメラルド色に輝く海が見えた。ローラが階下からサンドイッチとアイスティーを運んで来る。緑の風の中で、それはとても美味しかった。

こうして菜穂子は、滞在中毎朝ローラの家に通った。二人の会話は英語だったが、古代の海の民の声が、それに加わっていた。

午後は、よく海辺で過ごした。ある時、咲子と仲間たちのヨットが、半分閉ざした視界の中を横切って行った。帆を操っているヘンリーの頭部が逆光の中で金色に輝いている。

菜穂子が手を振ると、気がついて全員が陽気に手を振った。

「海辺は恋に適しているなあ」と、菜穂子は思った。

帰国すると、自分がすっかり別人になっているのに気づいた。これが、本当の自分なのかも知れない。あの島で、知らないうちに受け取ってしまった宇宙のリズムが、本来の魂を蘇らせたのだろう。

「太古の航海の本質、それは、舟が進むのではなく、周りが動くということです。空が動き、地球が動く。全ての情報は、天体が動くと共に、自分に向かってやって来る。そうした時間と空間の旅にあって、羅針盤のなかった古代の航海は自然界からのメッセージを受け取り、受け入れて、舟を目的地に進めたのです」と言ったヘンリーの言葉が身にしみて本当だと感じられる。

「私も、羅針盤のない舟なのだわ。自然から、宇宙からしか導きはやって来ない。それを受け取れるだけの感性を磨かなければ…。魂の明澄さを求めなければ…」

約束の原稿の締め切りが迫っていた。菜穂子は、〝原点回帰〟というテーマで南の海の物語を書いた。

書き物に疲れた時、菜穂子には好んで行く散歩道があった。住宅街の小径を辿り、鎮守の森に囲まれた古刹を過ぎ、山道に入る。峠に出ると視界が広がり、晴れた日には富士山が遠望される。山の畑には、よく手が入っていて、今年も豊かな実りを約束していた。畔《あぜ》に植えらえた花々が、四季折々に通る人の目を楽しませている。今は、百合の真っ白な花冠が艶やかである。畑で作業する藤村翁とは顔馴染みだった。

「ご精が出ますね。きれいな百合を見せていただいてありがとう」

と声をかけると、血色の良い顔をほころばせて手を振ってくれた。

峠から下る道は、青葉闇に覆われている。街道に出る。道に沿って川が流れている。夕映えを受けて川波がキラキラ光っていた。大農家の広い敷地には、果樹と花々と秋の実りが溢れている。

「藤村さんにしろ、この辺りの農家にしろ、大地にしっかり根を張っていて揺るぎがないのだなあ」

と、菜穂子はしみじみ思う。

自分が、いつも足が地につかない感じで、ふわふわと頼りないのはどうしてだろうか。

一つには、守るべき家族（あるいは守ってくれる家族）が無いからだろう。それで、心の堅固さを欠いているのだ。しかし、こればかりは今さらどうしようもない。次に思い当たるのは、言語の問題である。言葉とは、体内を流れる血液のようなもの。命をも死をも与えるような大きな力を、時としては持つのだ。それなのに、余りにも長く外国語で仕事をしてきてしまった。母語ではない、後から覚えた外国語で頭を一杯にしていた。両者を対応させようと、どんなに心を砕いても微妙なズレは免れ得ない。これが、不安定な存在感覚を生じさせているのではないか。

自分の文章を日本語で書く機会がきたことだし、思い切って外国語の仕事からは離れることだ。そう決断した途端、頭を締めつけていた鉄の輪がはずれた。

川岸を歩く。水鳥が数羽、気持ちよさそうに泳いでいる。翡翠《かわせみ》が飛び立った。帰路、山の畑に出ると藤村翁に呼び止められた。掘りたての馬鈴薯を分けてくれる。日に焼けた顔を笑いじわで一杯にした、目の色の明るい人だ。

やがて彼岸花が咲き、石榴《ざくろ》が実り、空はどこまでも高く澄み渡るようになった。那須通いを続けている藍子から、時々、正貴の様子を聞いていた。空が抜けるように青かった日、菜穂子は正貴に手紙を書いた。

「正貴さん、お元気ですか？　正貴さんと言うと、ちょっとあらたまってしまいますね。私にとっては今でもまあちゃんです。幼い、ぽっちゃりしたかわいいまあちゃんです。藍子ママと三人で、一緒によく遊びましたね。みなとみらいの観覧車に乗って、空高くまで運ばれた時のまあちゃんの表情が忘れられません。目を大きく大きく開いて、息を弾ませ、驚きと喜びで体がはちきれそうになっていましたっけ。あの時、空は大きく、世界はどこまでも広がっていました。白い高層ビル群と緑の公園が、遥か下に見え、海は水平線まで見晴らせたんですよね。

今は囚われの身で、狭いところに閉じこめられているかもしれないけれど、相変わらず世界は広く、両腕を広げてまあちゃんが帰って来るのを待っています。

幼い、バラ色の頬をしたまあちゃんから仔鹿のような少年になり、自転車で颯爽と風を切っていた姿が思い出されます。

でも思春期は、誰にでもつらいもので

すよね。特に、人と交わることが苦手な私は、皆でするスポーツや音楽で発散することもかなわず、自分の殻に閉じこもって、出口のない堂々巡りに陥ってしまいました。まあちゃんも、私と共通点があるんじゃないかと思います。

世の中の流れやスピードに乗り遅れ、すっかり取り残されて日陰者《ひかげ》になっていました。私の場合は、更に年齢が進むと、結婚という世間の流れからも置いて行かれ二重、三重に日陰者でした。

まあちゃんの場合は、まだまだ。たった一回の挫折ではありませんか。大学を頂点とした学校制度の枠組みの中だけのことでしょう。五十年も生きて分かるのは、学校で学ぶことなど高《たか》が知れている、ということです。学ぶ機会や場所は、無限に広いのです。観覧車から見た世界のように。いいえそれ以上に。

藍子さんは、正貴君が戻って来たらハワイに連れて行きたいと言ってます。私は、この夏ハワイに行って来ました。ものの見方が変わった気がします。色々な気づきがありました。で、今まで価値があると思っていたものを、はっきり手放してみたのです。捨てれば捨てるほど自由になり、幸せになっている自分に驚きました。

ご両親は一日千秋の思いでまあちゃんを待っています。藍子さんは毎朝、近所の神社に御百度参りをしているそうです。

今日は、青空がどこまでも高く高く晴れ渡っています。この空が、まあちゃんの空とつながっていると思うととても懐かしいです。まあちゃんは、私たちにとって、大事な大事な人です。早く帰って来てください。待っています」

菜穂子は、ローズマリーの押し花を入れて封をした。

帰国後すぐ、菜穂子はレーナ先生の教室に戻った。秋の初めに咲子も帰国して、日焼けした姿を教室に現した。

「よくそんなにおうちを空けられるわね」

と言う仲間もいたが、

「主人が海外赴任で二か月に一度しか帰って来ないの。その間はハワイに行っていられるってわけ。住まいが出来たおかげでやることが増えちゃって…。一緒にビジネスをやらないかって、誘われているの」と、いかにも有能なセレブ風の口を利いた。

「まあ、お正月まで南の島で活躍していらっしゃいな。あちらの何とも言えない魅力は、私も少しは理解できるわ」と、菜穂子は咲子の味方をした。

「どんなお仕事なの?」

「ハワイで結婚式を挙げたい人が沢山いるじゃない。それをプロデュースする会社を立ち上げようと思っているの」

「うわぁ、さすがねぇ。安藤さんによく合っているわ」

「うちの息子が結婚する時は、ぜひお願いするわ」

「うちの娘の結婚の時は、相談に乗ってね」

という具合で、レッスン後のティータイムは大いに盛り上がった。

晩秋の那須は、枯れ野の続く寒々とした光景が広がっていた。藍子は、侘しい想いに打ちひしがれながら刑務所に着いた。が、面会に現れた正貴がいつになく明るく、顔色も良くなっている。

「菜穂子おばさんから手紙をもらったよ。菜穂子さんって、やさしい人だね」

正貴は、嬉しそうに報告した。

「それにね、僕に弟ができたんだ」

最近収監された二歳年下の若者と仲良くなったという。

「アキラって子なんだ。〝俺なんて、生まれて来なきゃよかった〟って言うから、かわいそうになって色々聞いてやったらすっかり僕に懐いてさあ…」

一人っ子で、淋しかった正貴にも、かばってやれる相手ができて生きる張り合いが出てきたようだ。この分なら刑期を終えるまでこの子は保《も》ちそうだ、と藍子は胸のつかえが一つ取れたように感じた。

しばらくして、正貴から手紙が届いた。こんなことは初めてだった。

「お母さん、毎月面会に来てくれてありがとう。やっと〝ありがとう〟という言葉が素直に言えるようになりました。それも、僕の弟分になってくれた後藤明君のおかげです。

彼は窃盗と傷害の罪でここに入って来たのだけれど、誰にも打ち解けず、黙りこくっているので、いつも〝アキラ君〟〝アキラ君〟って呼んでは、笑いかけていたんだ。そしてある時、〝アキラ君は何が好きなの？〟と聞いたら、そっぽを向いたけど、あきらめず笑いかけていたんだ。しばらくして、〝好きなモノなんか何もない。好きな人なんか誰もいない。俺なんか、生まれて来なければよかった〟って、ぼそっと言うんだよね。それで僕も悲しくなって、〝そうだよなあ。その気持ちよくわかるよ。〟って言ってみたんだ。二人とも涙が出ちゃってさあ。思わずアキラ君の背中に手を回して、さすっていたんだよ」

後藤明の最初の記憶は、自分を庇《かば》って抱きかかえている母を、打ち据える鬼のような父の顔だった。酒乱の父に怯《おび》えながら、母子は暮らしていた。暴力と貧窮の中に母は病死し、六歳の明が残された。

父に威嚇されて、明は近所や親類に物乞いに行った。どこでも迷惑がられた。学校に上がれば、待っていたのはいじめである。不登校のレッテルを張られ、事あるごとに殻潰《ごく》し、役立たず、お前なんか死ね、という罵声が浴びせられた。

十六歳で不良グループに引き入れられ、かっぱらいや恐喝が日常となった。稼ぎが悪いと殴られた。自暴自棄で、傷害でも何でもやってきた。

真っ赤に灼《や》けた鉄板の上を裸足で走っているような毎日だった。一秒の休みもなく、恐怖感、焦燥感に追いかけられていた。〝生まれて来なければよかった〟と、いつも思っていた。一緒に泣いてくれたのは、正貴が初めてだった。

「僕、この時はっと目が覚めたんだ。

ずっと誰からも相手にされず嫌われているると思い込んでいたけど、小さいときにはみんなから、それはそれはかわいがられていたよね。それに、お父さんお母さんの気持ちは今もちっとも変わっていないんだ。菜穂子さんのやさしさも…。

お母さん、今まで本当にありがとう。心配かけて、ごめんね。今度来る時、出来たら差し入れ、僕とアキラ君と二人分持って来てくれると嬉しいんだけど…」

藍子は、手紙を抱き締めて号泣した。悲しみと喜びが入り混じって涙が止まらず、一時間ほど泣いていた。涙は、何年分かの胸のつかえを溶かし、洗い流していった。小春日の庭には、山茶花《さざんか》の白い花が綻《ほころ》びかけていた。

師走に入り、気忙しくなった。未明まで原稿書きをしていたので、まだベッドにいた菜穂子に藍子から携帯電話が入った。

「もしもし、藍子さん、おはよう」

「あなた、ニュース見た?」

藍子の声は、上ずっていた。

「いいえ」

「ホノルルの殺人事件。咲子さんが殺されたのよ」

「えっ」

菜穂子は絶句した。慌ててテレビをつける。よく見知ったタワーマンションが映っている。そして、にこやかな咲子の写真。テレビは、容疑者と思われる男を逮捕したと伝えている。ヘンリー・ムーア。彼の顔写真が映る。菜穂子は頭を強打されたように感じた。

画面は次のニュースに移っていた。

それからというもの、メディアの報道は熾《し》烈を極めた。〝派手好きの美人妻、ハワイで次々と男と豪遊〟〝白人の若い情夫に殺される〟〝タワーマンションは愛の巣だったか〟等々、猥雑な見出しが週刊誌に踊った。

菜穂子は叫び出したくなった。そんな人たちじゃない！　咲子が殺されたことも悲しく無念だったが、航海術《ナビゲーション》について語ってくれた時のヘンリーの澄んだ深い瞳を思い出すにつけ、口惜しさで歯がみする思いだった。

レーナ先生のフラ教室に行くと、そこも蜂の巣をつついたような騒ぎだった。

「マスコミの取材がお嬢ちゃんの学校まで押し寄せたんですって」

「秀才の坊ちゃんも将来がめちゃめちゃね」

「あんなふしだらな人だったなんて…」

「御主人も仕事が続けられるかしら？」

みんな興奮して口々に叫んでいるけれど、どこにも咲子の死を悼む声は聞かれなかった。レーナ先生が現れて黙祷を命じたので、やっと一同静まった。

〝咲子さん、ごめんなさい。何もしてあげられなくて…。ハワイで、あんなに親切にしてもらったのに…〟。菜穂子は心の中でつぶやいた。そして天啓のように〝こんな報道、みんな嘘だ〟と思った。

レッスンが終わって、レーナ先生と二人だけになった。

「咲子さんは、メディアの言っているような人ではないですよね。ハワイの彼女の家でヘンリーさんにも会ったけれど、信じられませんわ、殺人者だなんて。家に出入りしていたのですもの、咲子さんの家から彼の指紋が出るのは当たり前でしょ」

「ええ、私もあなたと同意見よ。今晩、ローラと連絡を取ってみるわ。ローラとは長い付き合いだし、彼女は不思議なところがある人なの」

レーナ先生は沈痛な面持ちで言った。

帰りの電車の中で、涙が溢れて止まらなかった。乗客の中には、訝《いぶか》し気に菜穂子を見る人もいた。悲しみとも憤りともつかぬ激情で、涙は溢れ続けた。

その夜、レーナ先生は菜穂子に電話してきて「ローラと話した」と言った。

「ホノルルでもメディアは大騒ぎしているんですって。ヨット仲間や二人をよく知っているマリンスポーツのソサエティーでは、衝撃が走っているそうよ。信じられない、ってね。ローラは霊感が強い人なの。ヘンリー逮捕には強い違和感を覚えるんですって。明日未明に、彼女の秘密の場所に行って空や海、大地の精霊と交信してみると言っていたわ。咲子さんが亡くなったのは本当に悲しい。よくよく菜穂子さんにお悔みを伝えてほしいとのことよ」

これを聞いて、菜穂子はマスコミのスキャンダル報道とは全く違った静謐な世界があることを確信した。そこは、ローラ、レーナ、ヘンリー、咲子たちの住む世界だった。

夜明け前、最も闇の濃い時刻だった。ローラは玄関の扉を開け、丘を下り、星の光を頼りに街道を進んだ。潮騒が聞こえ、やがて海辺に出た。小さな入り江の奥に彼女の子供の頃からの秘密の場所があった。悲しい時、困難に遭遇した時、この洞窟にこもって人知を超えた叡知を授かろうとした。魂を澄ませて宇宙からの答えを受け取る場所である。

中に入って、低くチャントを唱えた。背筋を伸ばして座り、目を閉じた。耳を澄ませ、心を澄ませる。無心の時が流れる。

やがて、洞窟の入り口が薄明るくなった。静かに外へ出る。世界が藍色だった。次いで、水平線がオレンジ色に染まり、日輪が少しずつ昇って来る。太陽がすっかり姿を現した時、入り江の端から端まで七色の虹の橋が架かった。

その日、レーナは次のようなメールを受け取った。

〈ヘンリーは犯人ではありません。間もなく、真犯人が捕まるでしょう。ローラ〉

細川秀行は、デスクの向こうのとっぷり暮れた窓の外に目をやった。


「もう、六時か…」

クリスマスシーズンにはどの会議室も毎晩満室で、華やかに装った客人たちが談笑し、会食を楽しんでいた。が、暮れも押し詰まった今夜（二十九日）は予約客は皆無で、すっかり閑散としている。

「今晩くらいは、早く帰ろうか」

秀行はデスクの電話を取り上げ、守衛の沼田を呼び出し、後事を託した。

煉瓦造りの建物を出て、門へ続く小径を辿り、山手通りに出た。教会の多い通りである。数日前まではそれぞれのチャペルから讃美歌が流れ、礼拝に向かう人、帰る人、観光客などが引きも切らず歩いていたものだったが、今は人影もまばらである。

そう言えばひと月ほど前、この通り沿いの立派な邸宅の前にテレビカメラやクルー、報道記者たちが大勢押し寄せていたことがあった。そこの夫人がハワイで殺されたとかで、マスメディアが過熱していたのだ。カルチャースクールの知人だということで、藍子が大変ショックを受けていた。

「犯罪被害者の家族のところに大勢で群がるなんて、何て非情な奴らだ！　悲しみに沈む家族の心を更にいじめて、どうするつもりなんだ！」

秀行は義憤にかられたものだ。その屋敷の前も、今は人っ子一人いなくて、窓には灯もともっていず、ひっそり静まり返っていた。

鬱蒼と茂る樹々に囲まれた洋館の横の坂道を、元町に向かって下りる。元町は、いつ来ても華やかな通りだ。高級ブティックが軒を連ねている。色とりどりに輝くショウウインドウ。ガス灯を模した街灯。絵タイルをはめ込んだ洒落た舗道。外国の街を歩いているみたいだ。そういえば今日は、藍子の誕生日だった。

二十五年前のこの日、二人でこの通りを歩いたっけ。角の宝石店に入って、

「どれがいい？」

と聞くと、彼女は目を丸くして、顔を真っ赤にした。秀行は前から選んでおいたダイヤの指輪を、店員に取り出させた。藍子の手を取って、左手の薬指にはめるとぴったりだった。

「お誕生日おめでとう！」

と言って、秀行は藍子の真っ白な手を両手で包んだ。そして、支払いを済ますと藍子の肩を抱いて外に出た。

「本当にいいの？　こんな高いもの…」

「婚約指輪のつもりだけど…いいかな？」

「まあ…」

と言って、藍子は秀行にしがみついた。

あの日からずっと、二人で一緒に歩いてきた。晴れた日も、雨の日も、嵐の日も。よくぞ…。秀行の目に涙が浮かぶ。胸が締めつけられるようだ。

老舗の洋装店に入り、ルビー色のアンゴラのセーターを買った。店員はそれを美しい箱に入れ、大きなリボンを結んで秀行に手渡した。頬を染めて喜ぶ、藍子の顔が目に浮かぶ。曲がりなりにも、まだ妻にプレゼントを買える身分を感謝せねばなるまい。

年が明けると、気温は低いのに光だけは一気に春めいてくる。寒風の中外出していた菜穂子は、帰宅してすぐ熱いシャワーを浴びた。バスタオルに包《くる》まってベッドに倒れ込む。睡魔に襲われ、いつしか夢の中だった。

深みへ下降して行く感覚が続く。白い長衣を着けた菜穂子が、広い石の階段を一段一段下りて行くのだった。やがて美しい庭園に着いた。泉から流れ出した小川が、銀のリボンのように花々の間できらめいている。木漏れ日が降り注ぎ、甘美な調べと香気が辺りを領していた。泉のほとりに座る。身体が金色の蜂蜜になったかのようにうっとりと溶ろけていく。

ふと、透明な細い声が不協和音のように響いた。菜穂子は立ち上り、声のする森の方へ歩いて行った。大きな樫《かし》の木に縦長の鏡が凭《もた》せ掛けてある。鏡の中をのぞき込むと、十歳くらいの少女がいて、切れ長の瞳からはらはらと涙を流していた。

「どうしたの?」

「ここから出られないの」

「そこはどんなところ？」

「氷みたいに冷たいの」

「出ていらっしゃい。こちらは暖かいわよ」

気がつくと、少女は十歳の時の菜穂子で、やわらかな薄紅色の頬に絹糸のような巻き毛がふりかかっていた。

ふっと足元が頼りなくなった。水の中でのように仰向けに身体が浮いた。目蓋《まぶた》が重くなる。水の中をどんどん上昇する。水面に出たようだ。ぽっかりと目が開いた。しばらくは、どこに居るのか分からなかった。

そこは自分の部屋のベッドの上だったのだが、まだ夢の続きで、菜穂子は鏡を探して壁際に行き、その前に立った。

夕闇の中に白い裸身が浮かび上がる。それは少女でもなく、娘盛りも女盛りも過ぎた裸身だった。が、美しかった。泣きたくなるほどいとおしかった。こんなことは生まれて初めてだ。菜穂子はいつも、自分を不足と思ってきた。〝私なんて〟と、いつも自己否定していた。ところが今、〝これで十分。これで完全なのだわ〟と天啓のように思った。後にも先にもこれしかない〝私〟を丸ごと受け入れた瞬間だった。幸福感にひたされた。

ふいに顔が、いたいけな少女になった。

「もう悲しい思いはさせないからね」

と言うと、少女は嬉しそうに笑った。そしてまた、今の自分の顔に戻った。

暮れていく窓の外に、白梅が雪洞《ぼんぼり》のように浮かんでいた。

桜の便りも届くようになった。日に日に暖かくなる。ある昼下がり、藍子は庭に出て花壇の手入れをしていた。土の匂いが香《かぐ》わしく、生垣の連翹《れんぎょう》の黄が目に鮮やかである。

携帯電話の着信音が鳴った。慌てて家の中に入る。刑務所からだった。ドキッとして電話に出る。くぐもったような低い声が聞こえた。

「もしもし、細川さんのお宅ですね。正貴さんの具合が急に悪くなりまして…。できたら、こちらに来ていただきたいのですが」

「えっ！」と藍子は絶句した。

「正貴が、正貴が、どんな具合なのです？ 病名は何でございましょう？」

「病気じゃなくて、事故なんです。意識が戻らないものですから…」

藍子は背筋が凍りつき、頭が真っ白になった。立っていられず、膝から床に崩れ落ちた。

「すぐ参ります」

「それでは、お話はその時…」

と言って電話は切れた。茫然として、何も考えられなかった。秀行の携帯電話の番号を機械的に呼び出していた。

「藍子か？ どうしたんだね？」

すぐには言葉が出なかった。

「あなた、あなた…正貴が、正貴が…」

と言いながら、泣き叫んでいた。

「那須へ、刑務所にすぐ来てくれって…正貴の容態が…」

「わかった。すぐ一緒に行こう。落ち着くんだ、藍子。恐がるんじゃない。オレがついている」

とは言ったものの、秀行も激しい衝撃を受けて、考えがまとまらなかった。

それから二時間後、秀行の運転するワゴン

車が東北自動車道をひた走っていた。顔面蒼白の藍子の傍らで、秀行は凍りついたように前方を凝視し、握り潰さんばかりの力を込めてハンドルを操作していた。

　刑務所に着くと、病室ではなく遺体安置所に案内された。医師による死亡診断時刻は午後三時だった。藍子が自宅で電話を受け取って間もなくである。

「作業中の事故で、高い梯子《はしご》から落下して…」

　と言う刑務官の説明も、藍子の耳に入らなかった。頭に傷はあるものの、穏やかな顔をして眠っているように見えた。遺体に取りすがって号泣する藍子を、秀行は黙って見下ろしていた。目からは、はらはらと涙がこぼれていた。

「家へ連れて帰ります」と秀行が決然と言った。

　煩瑣な手続きを済ませ、遺体をやっとワゴン車に運び込んだ時、刑務官と並んで二十歳ぐらいの若者が悄然と立っているのに気がついた。雪の結晶の柄の入ったグレーのセーターを着ている。藍子がこの前の面会の時、二着差し入れたものだった。

「明君ね」

　若者はコクンとうなずいた。

「正貴と仲良くしてくれて、ありがとう」

「俺の方が、どれだけ兄ちゃんに世話になったか…」

　あとは嗚咽《おえつ》で言葉にならなかった。藍子は肩に手を回して、明を抱き締めた。

「俺のせいで、俺のせいで…」

　と言いかけた時、一人の刑務官が険《けわ》しい表情で二人を引き離した。

「もういいだろう。十分お別れをしただろうから、お前は部屋に戻れ」

別の刑務官が明を引き立てて、闇の中に消えた。あとのことは、藍子の記憶から消えている。

横浜の自宅に着いた時は、夜中の二時を回っていた。

「正貴、家だよ。家に帰って来たんだよ」

秀行は、はっきりした声で呼びかけた。

「よかった、また三人になれて…」

藍子はやっと人心地がついて、言った。それまで凍りついていた血液が、再び流れ始めたようだった。

日本間に客用の寝具を出して、正貴を北枕に横たえた。縁側の障子もガラス戸も開け放つ。春の夜気が流れ込んだ。藍子は正貴の冷たい額をなで、頬をなで、何時間も遺体のそばを離れなかった。秀行は耐えられなくなって、妻を抱きかかえて縁側に出た。星の光が弱まり、紺青と紫の横雲が棚引いて、夜は明けようとしていた。

「お父さん、お母さん、ありがとう。悲しまないで。これから僕はいつでも、そばにいるよ」

という声が聞こえた。

「僕は、暴行されていたアキラをかばって、身替わりに死んだんだよ。誰も責めないで。僕が生きている間にできた、たった一つの善い事なんだから」

庭の桜の根元に正貴が立っていた。若々しい青年の姿だった。それから、十歳ぐらいのあどけない顔に変わり、銀の鈴のような笑い声を立てて姿が消えた。

昨日からやり場のない口惜しさ、怒り、憎悪に身を焼かれていた。そして、胸をかきむしるような悔恨と悲しみ。それらが嘘のように雲散霧消している。あとに残されたのは湖の底にいるような、澄み切った悲しみだった。

朝日が射し込んで、和室を明るませていた。長い睫毛の影を落とした正貴の顔が、心なしかほほ笑んでいるように見える。

「もう離れはしないよ。これからはずっと、三人一緒だよ」

と秀行が言った。

同じ日、明け方の夢の中で菜穂子はまたいつかの庭園にいた。満開の桜の木々に囲まれていた。花吹雪がキラキラと流れていた。よく行く竹林の奥の桜の園に似ていた。古木の下に槇恒彦が立っていた。初めて会った時の、若々しい青年の姿だった。輝くような笑顔で、両手を広げて菜穂子を待ち受けている。駆け寄って、彼の胸に飛び込んだ。二人で手をつないで歩いていると、槇の顔は少し愁わし気な正貴の顔に変わり、それから、あどけない少年になった。

気がつくと、菜穂子も少女になって、手をつないで二羽の蝶のように、花畑を飛び回っているのだった。かぐわしい花の匂い、光のように降り注ぐ音楽…。泣きたいほど美しかった。なにか、懐かしかった。

少年は手を離し、

「さよなら、菜穂子さん、いつも見守っているよ」

と言って、桜の幹に姿が吸い込まれて行った。

菜穂子は目を覚ました時、自分が泣いてい

るのに気がついた。そして正貴の身に何が起こったかを直感した。涙の向こう側に、永遠があった。

あとがき

『パリの家』３部作を出版する運びとなり、感慨もひとしおです。

少女時代から小説家を夢見ていましたが、世の有為転変に流されて一行もそれらしきものが書けないでおりました。ようやく「方丈」の暮しにたどり着き、初めて書いたのが『パリの家』です。登場する人物や場所は、いずれも私が愛してやまないものですが、「現実」に触発されてはいるものの、私の存在の奥底から立ち現れた〝姿の花〟と言えます。場面場面がひとりでに展開し、よどみなく流れて行くのには不思議な思いがしました。出版にあたり、神奈川新聞社の高木佳奈さんに大変お世話になりました。

読者のおひとりおひとりに、本書の想いが届きますことを心から願っております。

（２０１９年立秋）

著者略歴
（すが・ようこ）

1946年東京に生まれる。1968年東京大学仏文科卒業。京都府立医科大学名誉教授。

訳書『現代史を支配する病人たち』（新潮社）、『バーンスタイン』（新潮社）。

その他著書多数。

須 加 葉 子
作品集
パリの家

2019年9月26日　第1刷発行

発行所　株式会社神奈川新聞社
〒231-8445　横浜市中区太田町2-23
電話045-227-0850（出版メディア部）
https://www.kanaloco.jp/
印刷・製本所　図書印刷株式会社

Printed in Japan
ISBN978-4-87645-601-7 C0093
［ぱりのいえ］
定価は表紙カバーに表示してあります